U0568429

融艺术

东西方绘画艺术背景下的中国表达

蔡兵画传

宋海年 郦帼瑛 著

文汇出版社

有两类艺术家，一类有常人没有的经历，另一类主要凭想象力——与身历其境的艺术家不同，他们大都具有源自内心的艺术感觉。

两类艺术家的作品没有高低之分，优劣之别。前者多为现实主义，后者多为浪漫主义或超现实主义。

第一类艺术家的作品，大都来自主人翁身临其境的独特经历，为读者所津津乐道。第二类艺术家的作品，以其天赋般的想象力，让读者大呼过瘾。

对艺术家而言，同时具有异常经历和超常想象力是有幸的。对读者而言，这样的艺术大师，古今中外并不鲜见。

画家蔡兵，同时拥有了两类艺术家的特质。

您的作品带来新的生机，具有独特个性，大胆色彩以及和谐，画面充满着激情。绘画蕴含着相同的语言，艺术应当是属于全世界的。

——当代绘画大师马赛尔·穆利

序
以文学的眼光读蔡兵的画

宋海年

　　我无法细数蔡兵的头衔，也无法细述蔡兵的艺术成就。当我试图以文学的眼光读《蔡兵现象的启示——版画作品集》《蔡兵现代中国画精选》《中华文化大使》等画册时，奇迹出现了：所有的画呈现出了诗歌、散文、小说或其他文学样式的况味。点与线，犹如诗歌之字与句子；色块与空间，如若小说段落与章节；刚柔或飘逸，又恍若散文之气韵与文理。当然，还有画面所呈现的故事。

　　这无疑是独特的阅是读之旅。

　　先读蔡兵的版画《渔歌》，是因为他成名于版画。1931 年，内山嘉吉应鲁迅之邀，在上海开办木刻讲习所。1977 年，年轻的蔡兵在上海锦江饭店拜识内山嘉吉，从此成为忘年交。此后，蔡兵的版画以琳琅满目的种类和创新技法蜚声海内外。他获得中国版画家协会"优秀画家"称号和"鲁迅版画奖"，他首创"玻璃彩印版画"获得中国专利局发明专利，他当选挪威国际版画展获奖评委，并获英国剑桥"世界杰出人物成就奖"。

　　回到《渔歌》的阅读上。《渔歌》是套色木版画，整幅画面在蓝色基调的衬托下，定格于渔民铺撒渔网的一瞬间。天海之间，渔舟、渔人、渔网，阴阳合一；凝眸细读，手持双桨的渔家女，撒网的渔民，漫天怒张的渔网像盛开的巨大花卉——渔网占据了中心画面，三千多个大小不一、形状各异的网眼，因网线的细致流畅疏密松紧而浑然一体；网眼之间，色块若有若无，无则透明的蓝，有则色晕渐变有序或遥相呼应。以文学的眼光，于诗情画意之外，读出的是一曲渔歌：悠扬抒情的旋律，海浪般漫卷而来，虽无声，胜有声，虽无字，木刻之刀，刀刀如字——歌唱劳动，歌咏爱情，歌颂新生活。《渔歌》一经问世即引人瞩目：被国家领导人作为礼品赠送给法国影星阿兰·德龙，先后入选多个画展和画册，并为国家美术馆收藏。

蔡兵并不满足版画上的成就。其实，当他在版画上独树一帜的时候，已经于 20 世纪 70 年代尝试现代中国画创作。对此，他说，艺术贵在不断探索与创新。蔡兵的现代中国画，在借鉴西方绘画抽象思维和空间想象，粗线条和大色块等现代元素外，注重吸收中国古代的彩陶文化、汉代的画像石与画像砖，以及元代的石窟、道观壁画、敦煌莫高窟等艺术元素。在东西方绘画艺术的微妙契合处，蔡兵于抽象与具象，似与非似之间，神似地呈现了中国哲学意境，并于审美的形神、气韵和抽象中，蕴涵了现代东方文化精神。蔡兵现代中国画的"融"艺术，犹如文学之流派，独领风骚。

且读《水乡情怀》：凭栏处，毗连的瓦屋临水而筑，门窗户壁，灯笼石桥，恍若静物。两岸人家，唯见红衣舟人摇橹而来，桨声近，绿波晃醒一水春梦。画意诗情，恍如一篇静动呼应、情景交融的抒情散文。

把画读出小说情节的是《上海石库门》。视角居高临下，由线条和色块构成的房子层层叠叠，屋脊鳞片般连绵起伏，竖起的老虎窗则像瞭望台一样成为城市之目。在近处，隐约可见一红衣女子临窗而立，持壶为窗外的盆花浇水。我突发奇想，居住在上海石库门的年轻女子，该有怎样的生活光景，演绎着怎样的旖旎故事——而在她背后，屋檐下所有的窗户沉寂不语，像背景一样定格在上海日常生活的风情中。到了《上海之夜》，我们看到的是现代都市大格局。

大色块构成的高楼大厦，与其说不见一人，不如说城市人都隐藏在建筑物之内——夜色中的璀璨霓虹，物化的欲望之城，掩蔽了喧嚣。故事延伸至《法国老街》。有尖顶的阁楼，悬挂于店前的圆形灯箱招牌，高高低低的老式铁制灯盏。法国小镇人头攒动，倚墙而立的街头音乐人，行囊随身的悠闲旅人，涌入小巷深处的红男绿女——异域的尘世现场，风物人情，各自呈现的又是怎样的奇闻传说？

一幅《诗中的小舟》，让我诗情乍涌，草就一阙短句：一树斜出正绿水，又逢花色堪折枝。山低湖泊近，帆过风轻时。岸边影双，相拥成连理，别也依依，见也依依。

蔡兵近期创作的《上海印象》，画面呈现的是蔡兵少年时期对老上海的印象：有轨电车、红绿灯、指挥交通的警察、跳舞厅、银行、百货大楼以及广告，所有这些，无不来自他40年前对老上海史料的速写。

蔡兵的速写功底不同凡响。周游列国或游览祖国各地，他喜欢随身携带速写本，所到之处，兴之所至，将摄入眼中的景物一一描摹。他的许多作品正是在积累的速写中提炼而成的。画家的速写本类似作家的素材本，不同的是，画家速写的是景物，作家记录的是见闻。

艺术在本质上是相通的，笔意之点、线、面，着色之墨韵与色质，意蕴之动、静、明、暗——蔡兵融西洋画的抽象思维和空间想象，把粗线条和大色块运用于传统中国画创作，在油画、水墨、版画、水彩等相邻艺术的微妙契合处，表达东西方绘画的诸多元素，创立了别具"融"这一艺术特质的现代中国画。

由此我想到当下的中国文学。就小说而言，既有传统小说叙述故事的本土内核，又有西方现代小说的文本表达。而塞尚、凡·高、毕加索、马蒂斯之于蔡兵，犹似詹姆斯·乔伊斯、卡夫卡、马尔克斯、罗伯-格里耶之于中国作家。

本书分为蓝色时期、绿色时期、黄色时期、橙色时期和红色时期。蓝色时期，是他展现绘画才华的萌芽阶段。绿色时期，是他对绘画世界充满绿意蓬勃的憧憬。对他而言，黄色时期是他军旅生涯艺术处女航的颜色。橙色时期呢，可以理解为理想与成功之间的过渡色。红色时期，蔡兵迎来了绘画生涯的辉煌期。

  从童年走向少年，从青年走向中年和晚年。蔡兵绘画无数，70余年的艺术人生，超越了文字乃至画面所能呈现的所有故事。

  在中国画走向现代化，现代中国画走向世界的旅途上，蔡兵是坚定的跋涉者。

目录

001　　第一章　　蓝色时期

041　　第二章　　绿色时期

069　　第三章　　黄色时期

101　　第四章　　橙色时期

127　　第五章　　红色时期（上）

193　　第六章　　红色时期（下）

263　　蔡兵艺术大事年表

第一章　蓝色时期

康定斯基说:"色彩是能直接对心灵发生影响的手段。"这位世界绘画大师接着说,"心灵是一架具有许多琴弦的钢琴。艺术家是手,他通过这一或那一琴键,把心灵带进颤动里去。"

蓝色。

在色彩世界里,蓝色沉静、安宁、明净、祥和。在画家蔡兵看来,蓝色前卫、智慧、永恒,使人心胸宽阔、博大,有一种大自然赋予的神奇力量。蓝色时期的蔡兵,正是展现绘画才华的萌芽阶段。他诞生在第二次世界大战和中国抗日战争的动荡岁月中,但童年的他,聪明、好奇、顽皮,演化出花样百出的故事,并催生出惟妙惟肖的创造。

尤其在绘画方面,他的艺术天赋可谓与生俱来。

一、一九四三年·诞生

> 通向艺术成功的路各有不同，而艺术丰硕果实，只有那些刻苦勤奋、勇敢求索的创造者才能采到。
>
> ——蔡兵

1943年10月15日，即癸未年九月十七日，画家蔡兵出生在上海虹口一家私立医院。其时暑气尽消，金秋已现。几天之后，父亲叫了一辆黄包车，载着母亲和小蔡兵回到了离医院几条马路之外的一条马路。长阳路638号，是蔡兵外公外婆开设的"蔡松茂糖果饼干店"。父母一家同外公外婆都住在这里。

午后偏斜的日光正透过人行道两侧的乔木，把斑驳的光点印在店铺前。坐在店堂一隅，享受午后咖啡的是一对来自北欧的犹太夫妇，他们的小女孩正站在人行道上，双手捧住汽水瓶，通过麦管品尝甜津津又凉爽的橘子汽水。晃动的汽水瓶把日光反射在马路上列队行进的日本兵肩上的刀刺上。小女孩眯着眼睛盯住刀刺上的光点，露出了惶恐的神色。随后，她尖叫着跑回店堂，对流亡异国他乡的父母说了一句话。

时隔多年，我们无法知晓当年的小女孩目睹日本兵的刀刺究竟说了一句什么话，但我们知道，1943年是个特殊的年份。2月，德军在斯大林格勒投降，从军事角度看，此役成了二战的转折点。10月，墨索里尼垮台之后的意大利对德国宣战，德意日三国轴心开始瓦解。1943年，抗战中的中国依旧炮火连天。

在战争的血与火中，艺术之花给人类带来了和平的希望。威廉·惠

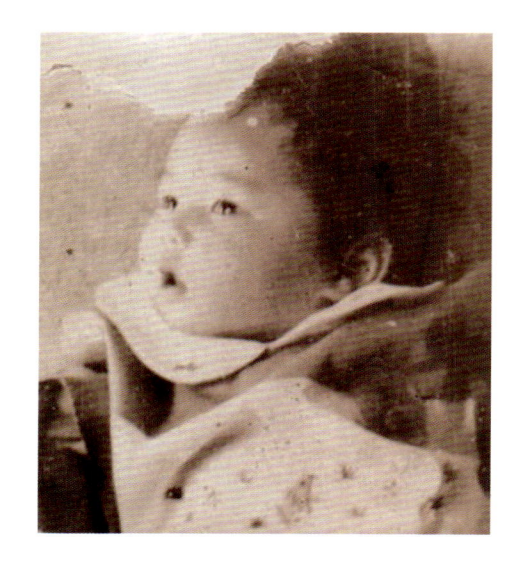

蔡兵（1岁） 摄于1943年

勒执导的反战影片《忠勇之家》获第十五届奥斯卡最佳影片等6项大奖，葛丽亚·嘉逊被授予最佳女主角奖。

这一年，与绘画有关的则是毕加索正在创作的青铜雕塑《抱着羊的男人》。雕像中的男子，笔直站立，怀中抱着一只羔羊。羔羊的脑袋，从男子右臂钻出，探视着这个动荡不安的世界。

人们当然不会把毕加索塑造的"羔羊"，与蔡兵的诞生连接起来。事实上，1943年正是中国的羊年。诞生在上海私立医院的"羔羊"，也不会感知一个叫毕加索的世界绘画大师将为他的绘画人生带来潜意识的影响。但当他醉心于色彩的斑斓世界时，仿佛心灵神秘穿越之后的不期而遇，把毕加索当作了他一生在绘画上的楷模。

以后发生的一连串事件，将印证蔡兵如何在毕加索光环的引导下，开创属于自己的艺术领域，成就现代中国画流派。

上海—1943（现代中国画）　蔡兵2013年作

二、印象

　　苦难会锻炼人的意志，因此人生要充满信心和力量，在希望与努力中，走向人生的辉煌。

——蔡兵

　　目睹喝汽水的犹太小女孩撞见日本兵情景的是蔡兵的母亲。母亲除了照料儿子，有空就在店堂里帮忙。犹太夫妇是店里的常客，虽然流亡上海，却仍然保持着优雅的风度。尤其是他们的女儿，穿缀有紫色花的白裙子，戴白遮阳帽，像洋娃娃一样漂亮可爱。

　　时隔多年，母亲仍然记得日本兵刀刺上的光点让小女孩惶恐的情景。她听不懂希伯来语，不知道小女孩对父母说了句什么，但是小女孩的失声尖叫让她的心不由自主地颤抖了一下。

　　小蔡兵渐渐会走路了，店堂成了他的世界。世界之外，他还喜欢去姨妈家玩，因为姨妈喜欢他。姨妈的家在外婆店铺隔壁的友邦里。友邦里很长，直通霍山路629号和631号的后门，那两套房子就是姨妈的家。在他的印象中，姨妈穿旗袍，戴围巾，涂口红，漂亮文雅，说话轻声慢语，是典型的上海大户人家的小姐。

　　母亲叫他"小栋栋"。那时他姓父亲的柳姓，根据为他排八字算命的街坊说，他命中缺木，父亲说"木头要多一点"，遂为儿子起名叫柳树栋，希望这棵树将来能成为栋梁。母亲把犹太小女孩的故事讲给他听，是因为这个蹒跚学步的小栋栋"太聪明"，已经听得懂大人的话了。小蔡兵没有见过那个天使般漂亮的小女孩，对在中国的马路上荷枪实弹行进的日本兵也没有印象。那个仅出现在母亲故事里的小女孩以及她的父母，已经搬离了长阳路。

更多的时候，小蔡兵喜欢坐在店门的门槛上，看街上的风景。

长阳路西接辽阳路，那里有一家印染厂，站立在厂门口的门卫是印度人。东边的通北路是犹太人较集中的居住地。长阳路有无轨电车，马路两侧矗立的钢杆上拉着无轨电车线，每隔几分钟，电车就驶过高低不平的路面，停靠在店铺正对面的辽阳路车站。

那时候他3岁。在他幼年的记忆里，店里售卖的糖果糕点、蜜饯炒货、冰淇淋、汽水等，虽然诱人，但最吸引他的是街上的风景。香烟广告上的图画，排队买葱油饼的人，修脚踏车的摊位，还有弄堂里传来的"倒马桶"的声音，叫卖"栀子花、白兰花"的拖长的声调。

长阳路上来来往往的有马车、黄包车、拖着两根电辫子的电车，还有各式各样的人，构成了他印象中的旧上海风景。各式各样的人有男的女的，老的少的，本地的外地的，还有来自遥远国度的犹太人、白俄人、印度人。在灰蓝色的天空下，穿着不同衣服，操着不同语言，迈着不同步子的小姐、先生、太太、学生、出苦力的，在他眼前走过去，走过来。他喜欢看拖着辫子的电车。听大人说，无轨电车来了。电车慢慢停靠在辽阳路车站，先是有人下车，后又有人上车，然后慢慢驶远。他看着庞然大物载着满满一车人驶来又驶去，心想，什么时候他也能坐在电车上，趴在车窗前看外公外婆的食品店，看移动的风景。

外婆名叫王鹤英，认为"上海大城市"，有些看不起"小地方"，还有嫌贫爱富的旧思想，不太喜欢小蔡兵。这使得母亲同父亲之间的关系也不好。母亲蔡国英，祖籍江苏常州，同父亲的祖籍丹阳张埝镇相距不远。父亲与母亲的婚姻是由在乡下的祖父和外公做主。祖父在乡下镇上开了一片较为有名的锦货（布）店，生意不错，另外，还在丹阳吕城合伙开了一家典当铺。婚后父亲来上海住。他和母亲住外公外婆家的阁楼，阁楼是食品店楼上的过街楼，上海人把这叫做亭子间。外婆虽然不喜欢小蔡兵，外公却非常宝贝他，把他当成"掌上明珠"。因为外婆的缘故，母亲常常背着外婆，把好吃的东西偷偷塞给他。小树栋喜欢吃糖，更喜欢花花绿绿的糖纸头。他把糖放在嘴里，把糖纸头抚平，压在枕头下。一个人的时候，他会把糖纸头和收拾好的香烟牌拿出来，一张张看上面的图画。那时候，他看着的神色是痴迷的，在懵懂的脑海里，就像看沿街的风景。

城市风景，像皮影戏一掠而过的画面，留在了他儿时最初的印象里。

印象。

他不会知道，长大以后，"印象"一词对他意味着什么，而最初的印象对他一生又是多么重要。

与城市印象迥异的，则是天空下大片的田野和沿途蜿蜒的河流。

3岁那年，小蔡兵的外公去世了，他非常伤心。祖母得知小蔡兵不受外婆的疼爱，要他回乡下。母亲送他回乡。他第一次坐车，虽然不同于在城市兜来兜去的电车，却是可以到"祖母那里去"的长途汽车。他趴在车窗前，又开心又好奇，开心的是可以摆脱外婆家压抑的处境，好奇的是，这驶向城外的汽车，正把他载往郊外的新奇世界，映入眼帘的是蓝天下的大地。但当城市渐渐退出视线，他很快又怅然若失，一丝莫名的忧伤抑或害怕涌上心头。

对他而言，乡下无边无际，陌生而充满未知数。

长途汽车驶向大地的深处。大地上渐次展开的是大片的农作物以及穿插其间的河流，还有散落的村庄。

上海坐火车到常州，然后再坐汽车到张垉镇地界。在车站，母亲把他交给祖母。两个女人因为他，眼眶溢出了泪花——一个对他依依不舍，一个对他怜爱有加。对小蔡兵来说，这像一个交接仪式，命运把他从城市交给了乡村。

祖母面慈目善，他从见到祖母的第一眼，就有了天然的亲近感。

他跟在祖母身后，从公路拐上了田间泥路。一切都是新鲜的，布鞋底踩在泥土上，有一种特别的亲切感。有鸟叫声传来，举目搜寻，先是一两只鸟雀，然后是一大群，灰扑扑地在田野上空盘旋。他立刻喜欢上了啾啾唧唧的鸟叫声，它可比城市的嘈杂声好听多了。

他走在了祖母前面。鸟雀终于消失在天空尽头。天真蓝啊，还有白云，还有大片的油菜花，大片的禾苗，还有池塘、青草、芦苇。水蓝，棉白，金黄，嫩绿，乡村的景象像旋转的画面，在他的视觉天空，像梦幻一样色彩斑斓。

他张开双臂，禁不住奔跑起来。

三、"神童"降临

　　童年是对生活以及生活中的美最富好奇、幻想和探究的启蒙时期。

　　　　　　　　　　　　　　　　　——蔡兵

　　父亲的家在丹阳张垫镇。张垫镇位于原丹阳县与武进县交界处，靠近常州市。因此，上海来信都是寄"常州市西门外张垫镇"。张垫镇是一条东西走向的长街，狭长的石板路两侧店铺林立，分西街、中街和东街。西街临河，支流穿街而过，一座古老的小石桥横跨支流，街头还有连接上下河的水闸，水闸下是通往常州的河道，石桥南侧河道开阔，是南来北往的船只停靠的码头。因此，张垫镇街市热闹繁华，后来一度是区政府、乡政府、镇政府的所在地。

　　蔡兵的祖父叫柳来川，在全镇最热闹的中街开锦货（布）店。在小蔡兵的印象中，祖父不苟言笑，身穿蓝灰色长衫，头戴西瓜皮帽，手执拐杖，颇具乡绅派头。1927 年秋冬之际，祖父像往常一样，早早地去开店门，惊讶地发现门口躺着一个用棉絮紧紧包裹着的小孩。此时街上清冷，风刮过街面，已有冷意。祖父动了怜悯心，把孩子抱回了家。祖母接过孩子，说也奇怪，孩子到了祖母怀里，忽然露出了笑容。

　　祖母荆森英心地善良，乐善好施，是镇上出了名的好人。小蔡兵常听左邻右舍说，祖母有菩萨心肠，样样东西都舍得给人家。祖母常说："做人要做好，吃点亏不要紧。"这句话，影响了蔡兵一生。

张埝老街（现代中国画） 蔡兵2013年作

祖父给领回家的孩子取名"林宝"，谐音"拎宝"，意思是拎回家一个宝贝。事实也正是这样，祖父祖母把拎回家的孩子当宝贝一样抚养。祖父后来知道，林宝的家在张埝镇附近的松降村，父亲姓吴，母亲姜氏。林宝有同胞兄弟五个，他排列第五。他3岁时父亲去世，母亲因为孩子多养不起，得知张埝镇中街上的人最富裕，而开布店的柳老板人最好，就把孩子留在店门口。果然，柳家收养了她的孩子。

这个"拎回家"的柳林宝就是蔡兵的父亲。虽然拎回家一个宝贝，但祖父家教传统，把父亲管教成中规中矩、学有所用的文化人。因此，父亲在家尽孝，不忘养父母恩情，在外忠厚老实，做事兢兢业业。父亲虽然才读了国小三年级，但通过自学成为有文化的人。父亲喜欢书法，写得一手好字，后来，自尊心很强的父亲也离开了上海，回到家乡，成了镇政府的文员。

小蔡兵很快就喜欢上了这个热闹的街镇。祖父的家，前面开店，后面是带小天井的住房，天井里有一口井，住房后面有一个大大的菜园子。在家里，所有的人都喜欢他，特别是祖母，把他当成了心肝宝贝。他同祖母睡一个房间，每天晚上要听祖母讲一个故事才肯睡觉。他觉得祖母很神奇，肚子里的故事永远讲不完。祖母的故事像是专门为他讲的。祖母讲岳飞的故事，他眼前会出现岳飞的母亲在岳飞背上用针刺下"精忠报国"四个大字。祖母讲"凿壁偷光"的故事，他眼前出现了一幅画——穷人家的孩子在墙上凿一个洞，就着邻居家的一束灯光夜读。还有，祖母讲的三国刘关张的故事，他百听不厌。

1948年，蔡兵5岁了，在张埝中心完全小学读幼稚班，成为半年级学生。虽然才是初夏，但天气比往常热。蔡兵活泼好动，又出奇的顽皮，放学离开学校，走起路来连蹦带跳，好像一只小鸟。是的，他听见一对小鸟在树上叽叽喳喳地唱歌，还不时在枝叶间跳来跳去。他停下奔跑，身上湿淋淋的全是汗水。他仰望树上的鸟，心想鸟儿在说什么呢？树冠之上，是广袤无垠的蓝天，一朵白云悠悠浮动，直到飘过他的头顶，才想起，他要找小伙伴玩。

他依依不舍地告别了小鸟。学校在东街，对他来说，最吸引人的是西街。那里有桥、河流以及大片供他玩耍的空地。但他经过中街的时候，却鬼使神差地闯入他家斜对门小伙伴的家。

时至今日，他依然记得小伙伴姓张，是他最好的玩伴之一。那天闯入张姓小伙伴的家纯属偶然，但对他意义重大。小伙伴家的墙上挂满了民间古装画。他看见小张的阿爸正在画画，大桌子上铺着大幅白纸，小张阿爸用蘸了颜料的笔，在纸上飞快地涂抹。一会儿工夫画完了古装人物图画，又开始画帽子上的绒球圈圈，接着是披甲战袍。战袍的花纹不停地变化，呈现出弯弯曲曲的线条，然后是人物身后四面花花旗帜，头盔上插上两根长长的野鸡毛。画笔在纸上越来越快，不多一会儿，一位古代战将威风凛凛地出现在纸上。

小蔡兵几乎惊呆了。在他心目中，小张阿爸这位"绘画大师"，手中的笔太神奇了。

小张阿爸是张垱镇的民间画家，擅长画门神、灶头画，家里挂了刘备、关公、张飞等古装人物图画。那天，小蔡兵长时间地站在画家身边，惊讶地盯着画面，忘了玩耍，忘了小伙伴，忘了一切。他脑海里，画面像蓝天上的云，翻滚漫卷——正是在那一刻，他心智开窍，画意萌动，要是自己也能画出这样的画该多好啊！

多年之后，当蔡兵在绘画上渐有建树时，回味当时的情景，才明白这位民间画家，正是他萌发画画念头的启蒙老师。

那天小蔡兵飞奔回家，找来铅笔和泛黄的毛边纸，把烂熟于心的画通过笔"默写"出来。画完一幅，又接着画。画着画着，祖母故事中的刘、关、张从他心底走到了纸上。掌灯时分，他已经画了一叠的画——最后一幅画上的人与第一幅相比，虽然仍显幼稚，但已像模像样，与第一幅画的人，判若两人。祖母一张张看他的"画稿"，禁不住喜上眉梢……

那年，小蔡兵5岁。

画画的日子有祖母陪伴。看着调皮的孙子专心致志地画画，祖母深感欣慰，而孙子日积月累的画稿上，所有的古装人物，于似像非像间，神形兼备。祖母在欣慰的同时，大为震撼。她对小蔡兵的父亲说："好好管教，栋栋会有出息的。"

三十多年之后，当蔡兵的画展在日本引起轰动时，日本媒体把蔡兵发蒙时期的神奇经历，称为"神童现象"。

四、"我不是在画画嘛"

> 朴实善良的乡亲，景色清新的大自然，像浓郁的泥土气息扑鼻而来，使我在画稿上无法停下来。
>
> ——蔡兵

蔡兵的绘画才能在学校传开，始于一堂图画课。那次图画课，内容是根据轮廓线条填空涂颜色。美术老师发下描画簿，还没有讲解，小蔡兵已迫不及待地在簿子上涂色，待老师讲解完，其他学生刚动笔，他已经涂完了好几页。老师虽然喜欢这个年幼的学生，但他出奇的调皮也是时有耳闻。现在这个调皮的小不点儿竟敢在他面前我行我素，老师一气之下，一把夺过他的描画簿。全班学生都停下笔，担心地看着老师恼怒的脸，心想"柳树栋要倒霉了"。但是，老师翻看着小蔡兵涂抹的画，神色慢慢平静下来。

老师不由得暗暗吃惊。小蔡兵的画，不说涂抹匀称，色彩搭配更是有模有样，简直是无师自通。老师没有把喜悦流露出来，而是一边严肃地表扬"画得倒还不错"，一边严厉地批评他"以后可不要这样"。小蔡兵用沾了颜料的手擦一下鼻子，鼻子上立刻红一块绿一块，引起大家哄堂大笑。他感到很得意，反问老师："以后要怎样啊？"

老师训斥道："不要这样画。"

他噘着嘴，神态看似认真，慢吞吞地说："我不是在画画嘛……"

第二年，小蔡兵正式进了小学。他聪明好学，所有的课都喜欢，但

乡村小学（套色木版画）蔡兵1983年作

每周一节的美术课，是他最盼望的。他像着了魔似的喜欢美术课。每当上美术课，他都像上足的发条一样，异常安静，蓄势待发。

小蔡兵画画在全班是最出众的，老师常常把他的画当作范本展示。学校知道他会画画，让他出墙报。他画的画有趣生动，又有想象力，老师和学生都喜欢看。每逢节庆日，学校出特刊，镇上也在告示栏上办"街头报"。那些日子，小蔡兵成了"小忙人"，很少同小伙伴一起玩耍。放学后，他从学校画到街头。他特别喜欢有人围着他，看他画画。有一次，他在街头画完画，一回头，看见了父亲。原来他的画名早已传到父亲耳朵里，父亲下班路过这里，果然看见儿子在画画。这一刻，父亲眼睛里流露出赞许和欣喜的柔光。

父亲对他的管教是严格的。父亲不苟言笑，把对他的爱藏在心里，轻易不流露出来。还在小蔡兵上幼稚班的时候，父亲就开始手把手教他在描红簿上练字。要求他握笔正确，头、胸、身姿势端正。刚开始，墨汁把本子描得一塌糊涂。但父亲很有耐心，让他慢慢来，不要急，墨汁少蘸一点，毛笔要拿端正。渐渐的，本子干净了，字也写得端正了。有时候父亲会用红笔在他的字上画圆圈，加以鼓励。

放假期间，父亲要求他除了完成假期作业外，每天要写几页毛笔字。写字的时候，他看见小朋友在外面玩，心里难免痒痒的，就草草写完字，想出去玩。这时候，父亲就会拿一把戒尺，打他手心，罚他加倍重写，再写不好，加倍体罚。这样一来，他玩的时间反而少了。以后他学乖了，先认真写字，再出去玩，父亲就不再管他。父亲见他描红的毛笔字有了进步，就开始让他临帖。

小蔡兵字写得好，在学校和街上画画，还兼带着写字。他在张埝镇名气渐响，成了镇上的"小画家""小神童"。父亲去街上看他的"作品"时，脸上就浮现出慈爱的笑容。

在家里，他画画不受约束。民间的年画、门神、灶头贴画，还有连环画、香烟牌子都成了他临摹的范本。为了看小人书（连环画），他割舍喜爱吃的大饼、脆麻花、脆饼、芝麻糖，把零用钱用在小人书摊上。有时候，在书摊反复看一本连环画，把画面熟记在心，然后回家凭记忆临摹。有的连环画是几本合在一起，用铰链固定在两块木板之间的，比如套装《三国演义》《封神榜》之类，他就租回家直接临摹。那时候，他的目光充满求知的欲望，书上的每幅画都让他心花怒放，而他临摹时，更是如痴如醉。

小蔡兵成了张埝镇上的小神童后，画的画越来越多。画到后来，纸头没有了。虽然母亲会从上海带来纸和笔，但依然不够他画。小蔡兵不想增添家里的负担，就开始动脑筋，瞧，脑筋一动，主意就出来了。

小伙伴喜欢他的画，他可不能白给呀！对，用自己的画换纸头。

有一年庙会，他看见无锡来的艺人摆着套圈的小摊，摊前摆着大大小小的无锡泥人，有人站在规定的线外用藤圈套泥人。他突发奇想，何不"依样画葫芦"?地摊上用藤圈套无锡泥人，他就把一大叠自己的画分别放在空地上，每幅画压上小砖块，让人家像套无锡泥娃娃那样套画，条件是，收一张纸，发三只藤圈，只要套中了，这幅画就属于对方。有的伙伴套了好多次也套不到一幅画，他想想不忍心，就让他站得离画近点，直到套中为止。

就这样，他通过"套画"，换回了不少纸头。这时候，母亲寄来了《连环画》和旧书摊上的画报杂志，里面有插图和照片，让他临摹。

除了临摹，他还喜欢观察大自然景色。

回忆观察大自然的日子，蔡兵记忆中的印象是辉煌而如诗如画。云空漫泻而下的光线与大地农作物的色块交织而成的瑰丽图案，就像日光透过三棱镜所折射的光谱，梦幻般击中了他仿佛与生俱来的对线条和色彩的先验感觉。他在悠悠神往中，想象自己用笔和纸，寻找映入视觉中的图景的表达方式。夜晚来临，他回到家里，在祖母房间里，趴在小桌子上，在油灯的光照下，白纸上呈现出色彩与线条的轮廓——正是他白天目光所及的大自然景色。

他用铅笔画画，后来用水彩颜料画画。水彩颜料和毛笔，是母亲来探望他时，从上海带来的。母亲知道他喜欢画画，除了水彩颜料，还给他买各种各样的图画书。他在一小块一小块长方形颜料之间调和颜色，他不能理解颜色与颜色的混合为什么会变成另一种色彩，但却能感受到色彩带来的新奇效果。斑驳的色彩从视觉变为纸上的村庄、河流、树木，间或还有身穿盔甲的古代勇士。实际上，那时候纸上呈现的画是稚嫩的，但他在不间断的涂鸦中逐渐接近生活的真实。但后来，他觉得太刻意了，反而没有味道。于是他就有意识画得不像，比如画滚铁圈，太圆了，就像用圆规画出来的，他就故意做些变形，这样，手感出来了。虚拟的真实，无师自通地成为他喜欢"越轨"的天分。

那时候他不懂得什么叫创新，只知道每幅画都要不同，同样的画面，也要用不一样的方法去画。

后来，他就带了笔和纸去大自然写生。他此后养成的写生习惯，正是始于儿时在乡村对大自然的描摹。写生不仅提高了他的绘画水平，更培养了他的观察能力。

五、顽皮的少年

> 我这一生得益于大自然。大自然本身具有的奇妙想象和创作空间，给我以创作灵感，为我创作的作品带来无穷的艺术生命力。
> ——蔡兵

聪明的孩子大都顽皮。他们的小脑瓜里，总会钻出一些奇思怪想，并且他们还跃跃欲试，身体力行。而这些在大人看来"违规"的行为，往往导致所谓的发现或发明。

如文艺复兴时期的伟大画家桑德罗·波提切利，是佛罗伦萨画派最后一位画家。他小时候非常顽皮，不思学业，父亲无奈把他送到金银作坊学艺。不久，他喜欢上了绘画，被意大利文艺复兴初期画家菲利普·利皮收为弟子，终成伟大的画家。

小蔡兵是镇上的"皮沓子"，这是当地人对聪明顽皮的小孩的昵称。他顽皮得花样百出，那颗小脑袋总是闲不住，手与脚也就跟着闲不住。比如没有玩具，他就动脑动手，就地取材自己做。

他用铁丝弯成圆圈，插在细竹竿上，然后粘上密密麻麻的蜘蛛网丝，去粘知了。他用竹筒做成枪的形状，把湿纸球塞入"枪管"，扳动枪机，"啪"的一声响，纸球射得老远。看见别人吹笛子，他砍一段粗细均匀的竹子，打通竹节，用剪刀尖打上一个个点，然后用烧红的细铁条在点上钻出一排洞眼，很快，一支土竹笛制作成功，贴上竹膜，居然吹出了像模像样的曲调。元宵节前，他去街上"偷学"做兔子灯和蚌壳灯的技术，回家就用竹条弯成兔子形状，糊上白纸，用颜料画上红眼

归途中（油画）蔡兵2007年作

睛、黑嘴巴和灰色的胡子，在兔子肚子底座插上蜡烛，一只兔子灯就做成了。元宵夜，街上人流如织，孩子们牵着各式各样的兔子灯在人群里穿来穿去，大呼小叫。小蔡兵对别人的灯不屑一顾，花钱买的有什么稀奇？于是牵着自家独创的兔子灯大摇大摆，招摇过市。做蚌壳灯，蚌壳是现成的，把蚌壳扳开一半，用小木块支撑着，插上蜡烛，一盏蚌壳蜡烛灯诞生了。

很快，他就对小儿科的制作不感兴趣了。他开始自制西洋镜、万花筒、胡琴，都能捣腾得像模像样。自制玩具是为了玩。他的玩是出了名的，哪里好玩，哪里就有他的身影。掷纸片、丢铜板、滚钢圈、打弹子、打贱骨头（陀螺一种），每一样，他都玩得津津有味，最后成为"皮大王"。至于上树掏鸟窝，下河捉鱼虾，更是兴致盎然。

小蔡兵在河码头附近看见有人用网兜捞鱼虾，也有人在钓鱼。网兜捞的大都是小鱼小虾，鱼竿上钩的却是大鱼。他心里痒痒的，回家做了网兜和钓鱼竿。那天放学，他兴致勃勃去钓鱼。河水清澈，水面上小鱼成群，不时碰着鱼漂。他不动声色，直到鱼漂突然下沉，才跳起来，猛地甩起竹竿。一条大鱼露出水面，竹竿梢头弯成半圆，在半空中"啪"的一声断裂了。他耷拉着小脸回家，向祖母描述自己的"失利"。祖母告诉他，钓鱼是有技术的，鱼上钩，不能急，竹竿要慢慢提，才不会断，鱼也不会脱钩。经过这次失利，他渐渐学会了钓鱼，每次去河边，都能满载而归。

有一次，小蔡兵用自制的网兜去捞鱼虾，鱼虾没捞着，却喜滋滋拎回来一段蛇皮。祖父、祖母和父亲都大吃一惊。他们知道小蔡兵啥都不怕，独独怕蛇。祖母记得，一次小蔡兵去割羊草，割着割着，突然一条蛇从他脚背上爬过，他吓得撒腿就跑。祖父记得，一次一条蛇爬上屋梁，祖父用杈子去叉，蛇逃走了。此后，小蔡兵不敢一个人待在屋里，直到有一天，二楼梁上掉下一条蛇，他先以为是皮带，结果发现是蛇，吓得大叫。祖父赶来了，打死了蛇。现在，看见小蔡兵拎着一段蛇皮，不知道这个满脑子怪念头的皮沓子想干什么。

父亲问他，原来小蔡兵看见别人拉胡琴，胡琴蒙的是花纹鲜艳的蛇皮。他就自己做胡琴，其他的都好办，比如他买了弓、弦和松香，还取了猪的鬃毛，但蛇皮难得，因为他不敢捉蛇。去捞鱼虾时，看见有人在杀蛇，这是一条大蛇，剥下的蛇皮特别柔软。他讨了蛇皮，顾不上捞鱼虾，就赶紧回家了。他蒙上洗干净的蛇皮，一把土制的胡琴做成了。几天后，蛇皮阴干，把竹筒绷得紧而挺括。他试着拉了几下弓，嘿，居然奏出了叽叽嘎嘎的弦音。

看着这个顽皮而又聪明的孩子，祖父他们露出了会心的微笑。

下雨天，小蔡兵去学校，鞋上沾了泥，怎么也擦不干净。上课时，他思想开小差，回到家里，他找来裹布匹的木板，第一步，按鞋底轮廓尺寸放大，画出鞋样，然后锯成鞋底板。第二步，钉上用旧帆布皮带剪成的鞋带，又在木鞋底前后钉上两块5厘米高的木条——一双奇特的高脚"木拖板"就做成了。他举着鞋子高兴地对祖母说："以后下雨天，我穿这双高脚木拖板，鞋子就不会沾上烂泥了。"

到了又一个下雨天，他踩着高脚木拖板，橐橐而行，引来一路惊奇的目光。到了学校，他看见有同学把蓑衣挂在黑板旁边，一看有戏，神不知鬼不觉钻入蓑衣。上课了，老师开始点名，同学们一个个应答，唯独点到他时没有回应。"柳树栋！"老师又大声叫了一遍，这时不知从何处轻轻传来一声"到",大家正诧异,只见蓑衣一动,钻出鬼精灵似的小蔡兵。教室里顿时爆发出哄堂大笑!结果可想而知,小蔡兵为此吃了不少"苦头"。

  小蔡兵被罚"立壁角",是因为上课时他约了几个同学偷偷去镇西游泳。河的上游到下游中间有一道水闸,水闸关闭的时候,河水有落差。他就利用落差布上网兜,看着大大小小的鱼纷纷落网,乐得不行。这是游泳的一大风景。傍晚涨潮时,河水又大又急,他就利用落差跳水,别的孩子不敢跳,他却跳下爬上,不亦乐乎。有时水草会缠住脚丫,对其他伙伴来说,这是很可怕的事,但小蔡兵水性好,胆子又大,一个猛子钻到水底,解开水草,在伙伴的欢呼声中,像鱼一样蹿出水面。有一次,他钻到水底深处解水草,膝盖磕上河床上的碎碗片。上岸后发现伤口很深,血流不止。后来祖母用了土方药膏敷上,不几天就好了。

  因为带头去游泳,老师盛怒之下,罚他立壁角半小时。而且这次立壁角不同以往,头上还顶着黑板擦。如果黑板擦掉下,要重新计算时间。这对好动的小蔡兵来说,比老师用戒尺打手心更加严厉。

  放学就自由了,尤其是到了晚上,他喜欢同小伙伴玩"盘夜猫"(捉迷藏),装装死人,弄点"鬼火",是常有的事。而他绘画的特长,也为恶作剧增加了色彩。一次,他在一张纸上画了一个龇牙咧嘴的"鬼",悄悄贴在一个同学的背上。其他同学们看见了,忍不住哈哈大笑,只有被贴的同学蒙在鼓里,一脸莫名其妙的样子。

  小蔡兵虽然调皮,甚至喜欢恶作剧,但小伙伴们都喜欢同他一起玩。因为童年天真,童心无邪,一切为了快乐。

六、意外受伤

> 人生中总会有顺境与逆境。顺不骄，逆不馁，因为两者都是财富，都是人的意志、品质乃至信念的历练。
>
> ——蔡兵

小蔡兵10岁了，除了画图、练字安静外，其他时间依然顽皮。那年夏天，他迷上了玩"滑滑梯"。午后，他约了狗大、章尧、良大、咬福一起去镇西头河边的广场。那里堆放着船运而来的圆木，圆木粗细不一，但是都很长。他和小伙伴把圆木搭成一头高一头低的"滑梯"。他们大呼小叫，人为地造成惊险场面，一路滑下，时快时慢，往上爬时，摇摇晃晃，如登鱼背。

更加惊险的是过独木桥。小蔡兵曾经画过独木桥的画，两端是垒起的木堆，中间横着一根细长的圆木，圆木上有几个左右摇摆的孩子。对这些滑梯高手来说，过固定的独木桥不难，难的是过"桥身"滚动的独木桥。每逢这时候，小蔡兵特别来劲——他才不会循规蹈矩呢。他在圆木上行走，左右双足分别用力，让圆木一会儿向左滚，一会儿向右滚，他则像踩钢丝一样，手舞足蹈，夸张地左右晃动，仿佛要从桥上掉下去。伙伴们尖叫起来，他则有惊无险地从这头走到那头，又从那头回到这头。当然，也有走到一半失去平衡的，那就直接往下跳。但他跳的时候不好好跳，像双杠的最后落地，或横跳，或后跳，或转身跳，引得伙伴们乐不可支。没人像他这样大胆，对喜欢刺激的小蔡兵来说，他特别享受过独木桥的过程。

出事那天是下午三点多钟。小伙伴们来到河边,"滑滑梯"和独木桥不见了。这是常见的事,圆木运至这里,又从这里载往附近的村镇。重新搭建独木桥时,他们挑了一根细长笔直的水杉木,做成理想的"桥面"。小蔡兵带头示范,这次,他为显示惊险一幕,张开双臂,从"桥墩"一跃而起。阳光西斜,他看见自己的影子像蜻蜓一样飞起。他轻轻落在"桥头",圆木突然滚动,他站立未稳,完全没有防备,脚下一滑,顿时失去重心。他想顺势跳下,又怕伙伴嘲笑,连忙左足用力,往前跨了几步,谁知他用力过猛,圆木略一停顿,朝相反方向加速滚动。

他猝不及防,身子横着摔了下去。

他听见了惊叫声。他倒在地上的时候,看见伙伴们围了上来。他想幸亏是左手撑地,没有出大洋相。虽然手腕有些刺痛——不是"有些",而是非常痛,越来越痛。他见伙伴们围上来,露出不以为然的笑容,但是笑容还没有形成,表情一扭,变成尴尬的哭相。他可从来没有在伙伴们面前哭过,因此强忍着不哭,对伙伴们摆摆手。但是且慢,他抬手的时候,疼痛消失,整个小手臂像失去知觉一样变得麻木。他顿时吓坏了——手腕处骨折了,像连着树皮的枝桠,在风中荡悠。

空旷的河滩,突然响起骇人的哭声,先是一个人的哭声,然后是此起彼伏的哭声。

他是托着断手,在伙伴们的护送下回家的。

祖父在店堂里忙碌,看见孙子哭哭啼啼,大感诧异,及至看见垂落的手掌,一声大吼,吓得伙伴们一哄而散。吼叫声惊动了店堂后面的祖母,祖母跑出厢房,见到了令她心疼万分的场面。祖母一把抱住他,忍不住涕泪交加。祖父先镇静下来，忙着差人去叫林宝。

父亲急匆匆回家时，小蔡兵已经躺在床上，祖父祖母围在身边。他担心父亲会打他，平时因为调皮闯祸，父亲可没少惩罚他。此刻，断骨处的疼痛呈放射性蔓延，他硬忍着不吭声，好像一叫出声，就说明这次闯祸闯大了。他偷眼瞧父亲的脸色，出乎意料的是，父亲完全没有责怪他的意思，相反，一向严厉的父亲，一脸痛心疾首，恨不得代替儿子断手。他突然想哭。但是他不敢哭，仿佛一哭就说明伤势严重。父亲几乎是跑着出门的。不一会儿，小蔡兵看见父亲匆匆进门，身后跟着一个留花白山羊胡子，穿青色长衫，胳膊下夹着藤制药箱的郎中。

父亲请来的是张埝一带有名的土郎中，小蔡兵依稀记得这个背着药箱在乡间到处走动的身影。但现在，他的伤势比郎中想象的更严重，手腕的骨头完全断裂了，断骨处只连着筋和皮。郎中问明事由，饶是见多识广，也禁不住为之动容，对他小小年纪竟能如此吃痛而大为惊讶。小蔡兵闭紧眼睛，一声不吭，任郎中在他断手处摸来摸去。郎中摸着摸着，突然出其不意，在断骨处猛地一拉一推，他顿觉有刀子在剜他的骨头，痛得撕心裂肺。未等他叫出声，只听郎中若无其事地说："好了，接上了。"围在一边的祖父、祖母还有父亲顿时嘘出一口气，问：不要紧吧？郎中似乎答非所问："记着，不能再调皮了。"说罢打开药箱，取出一捆竹片，夹住他的手臂，一层竹片一层纱布地包扎起来。

小蔡兵痛得几乎虚脱，浑身上下都湿透了。祖母为他擦汗，眼睛里含着泪，一边说，不痛，不痛。郎中关照：痛的时候，就用草药熏蒸。

这个夏天对他来说，开始无所事事。在家养伤，首先是不能游泳、捉鱼了，滑滑梯更是说也不能说了。甚至，连画图和写字都不能了，因为右手一动，会牵动着左手，然后是针刺般的疼痛——这可比不能玩耍更让他揪心。看着用绷带吊在胸前的断手，小蔡兵第一次有了对人生的思考：如果手残废了，怎么办？

　　夏天日长夜短，他觉得时间特别漫长。一天半夜，他突然哭喊："我要画图啊……"祖母惊醒，慌忙点亮油灯，只见他双眼紧闭，呼吸急促，脸上汗水密布，身上的短衫也湿透了。祖母一时不知道"画图"这两个字的字音是什么意思，还以为孙子手腕痛得受不了，在梦中哇哇叫。祖母心疼之下，一边为他擦汗，一边安慰："别怕，别怕，奶奶这就用草药熏……"小蔡兵慢慢醒来，揉揉眼睛，奇怪地看着祖母，又看看完整无损的右手，才知道做了一个噩梦。梦中的情形犹在眼前，他在画图，突然右手断裂，画笔从手上滑落，把画面搞得一塌糊涂。虽然是一场虚惊，但他仍然心有余悸，心想，万一左手变成"折手"，会不会影响右手画图？更何况，他喜欢做玩具，做乐器。受伤前的那天中午，他找到一段粗细合适皮质泛青的竹子，想再做一支笛子。可现在，他成了"一只手"。他神色黯然，喃喃如同梦呓："画图，我要画图！祖母这才明白，孙子不是疼得哇哇叫，而是要画图。她又是心疼，又是爱怜：这孩子，手断了，做梦还想着画图呢！

　　郎中来会诊，小蔡兵说了自己的担心。郎中自负地说：我接的骨，怎么会折手？"但是，伤筋动骨一百天，不得乱跑乱动，否则——"郎中"否则"之后没有下文，有效地镇住了"皮沓子"。

　　开学了，祖母怕他一旦离开自己的视线，会故态复萌，坚持不让他上学。好在，他又可以画图了。他想象自己跟着大人干农活的情景，插

春水（现代中国画）蔡兵2013年作

秧、割稻、采棉花、打麦子、车水。插秧时，他被蚂蟥叮咬过，不好玩。车水最好玩，他人小，双手就吊在横杆上，脚踩着木板，水就哗哗流入水沟，又从水沟流入稻田。有时一脚踩空，车轮仍在转，他提起脚，成了"吊田鸡"。他把这一切，都画在纸上。

天渐渐凉了，祖母说伤了骨头要晒太阳，他就在天井里边晒太阳边看书。

小蔡兵心情大变，变得安静了。

七、庙会

　　艺术家从不同年代的生活中发现了美，从历史长河的文脉中，肩负着继承传统，发展现代艺术的使命。

——蔡兵

　　对小蔡兵来说，张埝镇最热闹的日子不是过年，而是庙会。镇上每月逢四、逢九都有集市，尤其是每年三月初五、四月初八的大庙会。庙会临近，四乡八村的人汇集张埝，远点的，丹阳、金坛、常州、武进、宜兴一带的小商贩，推独轮车的，挑货担的，摇货郎鼓的，就提前涌向张埝镇。更远的，则是来自浙江和上海的商人。

　　庙会还没有正式开始，喜气洋洋的气氛就像暖暖的春风从大街小巷蔓延。街头贴出海报，有无锡锡剧团的，苏州评弹团的，还有杂技、木偶戏。小学校的操场也搭台演戏、放电影。而香烟、牙膏、肥皂、洋油、洋火（火柴）之类的招牌，吸引了小蔡兵的眼睛，眼花缭乱的图画成了他画画的摹本。到了庙会那天，天还蒙蒙亮，从镇的西头到东头，大街小巷，就挤满了摊位，而逛庙会的大人小孩，更是把路面挤得水泄不通。祖父的店门口塞满了摊位，小蔡兵一早开了店门，发现街上人头攒动，连下脚的地方都没有，就从后院绕道直奔街头小广场。

　　庙会是张埝镇的节日。广场上，或者有空地的地方，围着一圈一圈看热闹的人，其中小孩居多。身怀绝技的各色艺人，手舞足蹈，操着不同口音，大声吆喝。变戏法的，捏泥塑的，吹糖人的，卖梨膏糖的，卖狗皮膏药的，看西洋镜的，演皮影戏的，琳琅满目，目不暇接。与小伙伴的兴奋点不同，小蔡兵总是想办法钻到人群前排，神情安静专一，一手铅笔，一手簿子，笔走龙蛇，西洋镜、杂技表演、猢狲出把戏，活龙活现地出现在速写簿上。戏台上的社戏——锡剧、越剧、滩簧、京戏，甚至浙江的"小日昏"，也没有漏过他好奇的眼睛。有时候，人挤得水泄不通，他无法挤进人群，就在远处观察，人物造型、演出服装的图案、各色道具，包括围观的大人小孩，都一一熟记于心，晚上回家再描摹在簿子上。

他特别喜欢光顾上海艺人带来的具有上海风情的年画。那些上海特有的石库门、亭子间，勾起了他对上海的记忆。那是他的出生地，大楼、马路、电车、电线杆，各色人等的服饰与匆忙的脚步，历历在目。这时候，他就会想起在上海的母亲。母亲每年都要到这里看他，还会带来画报、画笔和颜料。他此刻用的长城牌铅笔，就是母亲从上海带来的。

江浙来的皮影戏、西洋镜，历来是小蔡兵的最爱。这一次庙会，新增加了木偶戏。他很快被木偶戏吸引住了，一边看木偶表演，一边在簿子上速写，用铅笔勾勒出木偶戏的舞台造型。他画着画着，突然觉得奇怪，木偶，不就是穿了衣服的木头人吗，怎么会在舞台上唱念打斗，比真人的本事还大？这木偶背后，有什么奥秘？木偶在小小的舞台上摇头晃脑，手舞足蹈，观众看得津津有味，不时爆发出笑声。他忍耐不住，钻出人群，悄悄绕到后台，躲在暗处看。这一看，他差点笑出声。原来有人用几根线牵着木偶脑袋和胳膊大腿，操纵着木偶动来动去呢。旁边木档的钉子上，挂着一个个木偶。他在暗处乐不可支，仿佛发现了天大的秘密，眼睛却一动不动地注视着台前幕后，并一一记在脑海里。直到一

江南庙会捏泥人（摄影）

场戏演完，牵木偶的人才发现了这个"拆穿了西洋镜"的"小鬼头"。

太阳尚未落山，小蔡兵已兴冲冲提前回家，把自己关在厢房里。厢房里有祖母的针线包。祖母的针线包是女红的百宝箱，针线、顶针箍、剪刀、五花八门的零头布，应有尽有。他按照木偶的身体各部位，分别用不同颜色的零头布缝制成大小不一、长短各异的"口袋"。

这是他第一次做"针线活"。他和祖母同睡一间厢房，祖母在窗口，在灯下飞针走线的情景，他耳濡目染，心知肚明。祖母年老眼花，尤其到了晚间，更是眼力不济，他就帮祖母穿针引线，有时候兴之所至，还抢着帮祖母钉纽扣。因此，尽管他第一次做"针线活"，但也是摸过针线的。此刻,他往一只只"口袋"里塞棉花,塞得鼓鼓的,然后一一缝口。他将木偶的头部、身体和手脚的"零部件"缝在一起——一个立体的木偶人诞生了。

在厨房忙晚饭的祖母觉得奇怪,庙会很热闹,小蔡兵却早早地躲进厢房,这个鬼灵精的孙子,又在捣鼓什么稀奇古怪的东西?晚饭后,祖母跟着孙子回厢房,见到针线包摊了一桌,零头布变成了一个大大的布娃娃。祖母端详着被孙子说成"木偶人"的布娃娃,针脚虽然有点歪扭,而且疏密不一,但还算结实。祖母除了欣慰,还感到惊讶,一个男小囡做"女红"?虽然扎破了几次手指,竟然做得比不少女小囡还要好。

更让祖母惊讶的是,孙子说还要为"木偶人"做一套衣裤。祖母问要不要帮忙,孙子笑嘻嘻说:"我自己做。"祖母知道,凡孙子要做的,都喜欢自己动手。孙子心灵手巧,做什么像什么,比如画画,比如做各种各样的玩具。让祖母宽慰的是,自从手腕骨折后,一向调皮的孙子,变得安静多了。

小蔡兵"按图索骥",根据速写簿画的木偶人衣饰,做成了一套小衣小裤。当然,布料的浪费是少不了的——谁叫祖父是开布店的呢。他给木偶人穿上衣裤后,又在脸部画了黑黑的眉眼、翘翘的鼻子、红红的嘴巴。这一切完成后,一个在他看来有生命的木偶诞生了。

他迫不及待给木偶的双手、双脚和头部连上五根麻线,然后开始操练。刚开始的时候,木偶动作不协调,不是跌倒,就是脑袋不动、手脚乱动。他自己也搞得手忙脚乱,不得要领。他不泄气,一次次操练,一遍遍琢磨,渐渐的脑袋和身体协调了,手与脚也协调了,再后来是整个人都协调了。时间长了,小蔡兵摸到了规律,心到手到,随心所欲,把木偶玩得得心应手，活龙活现。

一天，他把小伙伴叫到家里，说要让大家看戏。演出开始了，他把桌子当作舞台，双手套着绳子，在手指的牵动下，木偶时而翩翩起舞，时而拳打脚踢，或爬行，或翻筋斗，可把小伙伴乐坏了。

小蔡兵有木偶，还会表演的消息，很快在学校传开了。至于他本人，更是爱不释手，连上学也带着木偶。课间休息，同学围着他，要他表演"木偶戏"。这自然是他所期待的，他乐得让木偶人风光一番。木偶在课桌上的表演，让大家乐翻了天。上课的铃声听不见了，连走进教室的老师也看不见了，结果可想而知，老师训斥之后，当场没收了木偶。

看着心爱的木偶被老师塞进讲台的抽屉里，小蔡兵又是焦虑又是心疼，但心里说，"又有什么办法呢？他无心听课，希望课后老师把木偶还给他，或者老师忘了木偶的事。可是，待到下课铃声响起，老师拿着缴获的"战利品"，不慌不忙地走出了教室。望着老师消失的背影，全班同学的视线纷纷转向小蔡兵，目光中满是惋惜和歉意。

若干日子后，小蔡兵偶然路过老师的办公室，忽然看见了他的木偶——那个他亲手制作，给他和小伙伴带来快乐的木偶，就挂在墙上。有风吹过，木偶小手轻摇，仿佛向他招手呢！他明白了，原来老师也喜欢他的木偶。

他想，既然老师喜欢木偶，就算他送给老师好了。

八、栖息于乡村与城市的候鸟

不同地域，不同人文物象的特点，凭借有视觉形象的诱发、联想和自我想象，能在不经意中得到启发和感受，激发强烈的创作欲望。

——蔡兵

母亲又来看小蔡兵了。父母离异后，他跟父亲一起生活，但母亲没有食言，差不多每年都会来看望儿子。以前母亲会给他带上海的点心和玩具，发现儿子的绘画天赋后，开始带给他绘画用品——铅笔、彩色笔、蜡笔、颜料、素描簿、年画，还有绘有旧画报插图和照片的连环画等。每当这时候，小蔡兵虽然满心喜悦，却不敢在母亲面前流露。

在他的印象里，父亲严厉，祖父宽厚，祖母慈爱，母亲呢？他说不准。他对母亲的感情是复杂的。母亲每次来，都是匆匆而来，匆匆而去。虽然有几年放寒暑假，母亲带他去上海外婆家住上一段日子，但他很少感受到母爱。

后来他大点了，父亲就送他进城，买了火车票，让他一个人乘火车去上海。母亲呢，就到上海北站接他去外婆家。再后来，小蔡兵到了上海，就一个人乘三轮车到外婆家。

母亲再婚后，他有了弟弟妹妹。他觉得母亲对弟妹的专注远胜于对他的关注。也许这是远离母亲之后的生疏感，也许在母亲眼里他已经长大了，可以照顾自己了。所幸的是，弟妹的爸爸对他很客气，有时候也会带他出去玩。外婆呢，也渐渐喜欢他了，说他懂事、勤快、聪明、有出息。因此外婆每次见到外孙，都会问长问短，听他说张埝镇的趣事。

外婆家人多了，因此在上海的日子，他主要帮着做家务，当然，以照看店堂为主。在店堂，他像过去那样观察人与物，4岁之前的经历与此后客居上海的生活，像毛笔恣意挥洒的一横，笔触似断非断，墨迹浓淡间留有飞白。不同的是，少年蔡兵站在柜台后面张望店外的世界，发现与儿童时期的印象相比有了很大的变化。那些操着不同语言的犹太人、白俄人、印度人不见了。那些穿着不同衣服的小姐、先生、太太、学生、出苦力的，现在几乎穿着相同颜色的衣服。城市变得单调了，因此出现在他画面上的城市街景色彩简单，氛围压抑——公私合营后的店铺，依然拖着辫子的电车，指挥交通的警察，衣着单调的人群，逼仄的天空下影影绰绰的高楼大厦。而在乡镇，画上的背景大都是天空下的田野、河流，以及农舍。

城市与乡村，线条与色彩所包含的内容，是多么不同啊！

少年蔡兵像候鸟一样，南来北往，栖息于城市与乡镇之间。对他来说，乡镇生活无拘无束，活泼自在，而城市，虽然生活方便，出行方便，但多少有点孤独和压抑。在他的绘画世界里，城市与乡镇，呈现出不同的线条与色彩，既泾渭分明，又互相糅合，交相辉映。以写实为主的画稿，反映了他那段时间的内心感受，而一些描绘城市的水彩画，色彩有了抽象的雏形，建筑物着色滞重，人物朦胧虚幻，天空呈现难以捉摸的色彩。

渐渐的，这只往返于大城市与小村镇的候鸟，羽翼丰满了。

12岁那年寒假，父亲送他去上海。过完春节，母亲送他回张埝。春节后，回乡的人多，车票紧张。眼看开学在即，母亲只得买了"棚

海鸥（油画） 蔡兵2016年作

车票"。棚车是有通风窗的铁路货车，平时装运贵重或者怕日晒雨淋的货物，必要时，比如说春节运输高峰，一部分棚车可以运送人员甚至牲畜。

棚车没有座位，更没有暖气。车厢里很暗，因为人多，只有车厢上方一扇小小的通风窗，透进来一方光亮。大家只能挨个坐在地上。从门缝挤进来的冷风直往人堆里钻，小蔡兵紧挨着母亲，盯着通风窗。车轮碾过铁轨接缝处，发出咯噔咯噔的声音，单调而乏味。车厢很摇晃，窗口掠过铅灰色的天空，仿佛一成不变的幕布。他的眼皮渐渐沉重，身子渐渐歪斜在母亲身上。迷糊中，寒冷消退，温暖上升，渐渐的，仿佛有暖流从脸部传遍全身。他睁开眼睛，发现母亲搂着他，而他的脑袋则枕在母亲的腿上。他一动不动，任暖流在身体里流淌，心中充满了幸福。这是他从未有过的感觉，家庭可以有变故，母子亲情不断——这就是书上读到的"母爱"吗？他鼻子一酸，眼泪不由自主地滚落。

原来，母亲是爱他的。原来，他从来不缺少母爱。他想起有一年母亲到张埝看他，返回上海时，他去送母亲。那时候他还小，母亲塞给他零用钱，盼咐他要听爸爸的话，好好读书。母亲说话的时候眼睛含着泪，就像第一次送他去张埝，同他分别的时候一样。他预感不好，就慢慢地跟在母亲身后，母亲在前面走了几步，回头看他，他才跟上几步。就这样走走停停，每当他的目光对上母亲的目光时，就害羞地低下头。终于到车站了，他望着母亲的背影，仿佛正经历生离死别，眼泪簌簌往下掉。他希望母亲不要走，或者他要跟母亲回上海。他不知道那种依依不舍的感觉母亲也有。因为母亲突然回身向他走来，把他揽在怀里。

那年他4岁，尚未理解母子之间那种难以割舍的血肉亲情，就像一个人的整体，打断骨头连着筋。他只是静静地伏在母亲怀里，任由母亲抚摸他的头，感受着母亲的体温。

此刻，棚车仍不紧不慢地行驶在阴霾的天空下。他生怕惊动母亲，一动不动地蜷缩在母亲身上，只是悄悄地抱紧了母亲。

他安宁地睡着了。

成年之后，蔡兵回忆母亲时说，那年乘棚车的经历，让他第一次感受到母爱。"这是可以在心灵深处铭记一生的。"他这样说。

13岁的蔡兵有心事了，那就是对母亲的思念。在张埝镇，他有时候会变得沉默寡言，喜欢站在镇东头，望着那条通向远方的小路出神。他的心事瞒不过细心的祖母，她太了解孙子了。祖母暗暗叹息，孙子不止是聪明，他是有绘画天赋的，鸿鹄之志，注定要在大城市才能实现。

第二年暑假，蔡兵又飞到了上海。从此在上海生活了。

他永远不会忘记这一次父亲送他去火车站的情景。在常州奔牛火车站，父亲照例吩咐了他几句，然后拍拍他的肩膀，说了句"路上小心，当心东西"。他独自一人上了火车。他乘坐的是3元5角的慢车，每个小站都要停靠，慢得像蜗牛。单调的旅途让他昏昏欲睡，但他不敢睡着，因为行李中有祖母让他捎给外婆的土特产，还有他的替换衣服、暑假作业以及画图的笔和纸，他生怕东西被坏人偷走。火车开开停停，到了上海北站，已是华灯初上。

这一次，母亲再也舍不得让他回张埝。在征得蔡兵同意后，母亲去了一趟张埝。祖父、祖母、父亲同意把他的户口迁到上海。

13岁，少年蔡兵回到了他的出生地。

第二章　绿色时期

绘画是对时间、空间和色彩的表达。作为视觉艺术，画家用色彩表达时间和空间，或者说，色彩存在于时间和空间之中。

蔡兵对色彩的敏感是天生的，这源于他儿时的城市与乡村经历。在他看来，色彩是他感受世界的内心表达。

比如绿色。

绿色代表生命、生机与希望，代表对美好前景的憧憬。对他而言，色彩即美，但如果色彩中没有绿色，就像没有理想的人生一样黯然失色。

而如何让色彩在同一幅画中和谐呈现并达到预期的意境，除了天赋、勤奋外，更需要超越艺术灵感的悟性。

一、一封给祖母的信

> 除了天性的因素，性格的形成过程，很大程度上因环境的变化而改变。但对我来说，内心的追求一直没变。
>
> ——蔡兵

蔡兵（13岁）摄于1956年

1956年暑假，少年蔡兵只身一人，去上海外婆家。不久，母亲征得父亲的同意，把他的户口从常州迁到上海。那年他13岁，正式留居上海。

蔡松茂糖果店是一栋临街小楼，外婆住二楼亭子间，母亲同继父住过街楼，蔡兵和弟妹们住三楼的阁楼。在同母异父的弟妹们面前，他这个"乡下阿哥"是半个大人。在外婆眼里，他是乡下来的穷亲戚，也是大半个劳力。自他来了以后,外婆辞退了一名店员,他理所当然成了店里的编外"伙计"。

他的日常生活是,每天早上6点钟起床,洗漱后第一件事是卸店堂的门板,迎接第一批顾客,然后匆匆吃了早饭去上学。下午回到店里帮忙。傍晚,一大家子围坐在一起吃饭,但他因为要照看店面,就端着饭碗在柜台上吃。因为店里生意好,晚上11点打烊,弟妹们早已睡觉,他还得把门板从弄堂口一块块搬来,按顺序上好。

那时,他最小的妹妹还在吃奶,外婆就请了奶妈。巧的是,奶妈是从张埝镇邻村来的老乡,虽然不是一个村的,但蔡兵听着熟悉的乡音,感到很亲切。奶妈除了喂奶,还是蔡家的管家。她很同情蔡兵,知道他老实懂事,不会像弟弟妹妹那样,肚子饿或者嘴馋的时候,拿店里的东西吃。因此做饭的时候,会叫他到店堂后面的灶披间,往他嘴里塞一块红烧肉,或者递一只馒头之类的点心。盛饭的时候,奶妈会趁外婆不注意,把好菜藏在米饭底下,端到店堂。每当这时候,蔡兵就会默默地向她投去感激的目光。他正是长身体的时候,他的肚子经常处于半饥半饱状态。

但在外婆面前,哪怕肚子再饿,他也不敢说。一直以来,外婆对他另眼相看。蔡兵清晰地记得,有一次,他正在店堂埋头绘画,来了一位中年顾客,要买两只鸡蛋吐司。鸡蛋吐司5角钱一只,正好1元钱。蔡兵的思维仍然停留在画上,见顾客拿着5元面额的钞票,就找给顾客4元钱。但是,他忘了收钱,当顾客转身离去时,他发现自己错了。看着顾客远去的背影,他不敢声张,因为外婆可以从房间窗口看到店堂的动静。他一直感觉外婆在二楼的窗口注视着他。他不敢声张,但却永远记住了那个穿风衣、戴帽子的顾客。时隔多年,这一幕仍然清晰地印在他的心里。

张垅镇那个受祖母宠爱，活泼好动的"皮沓子"，到了上海，成了心情压抑、性格内向、说话轻声轻气的少年。外公去世后，外婆整天板着脸，他忙得再辛苦，也得不到外婆的好脸色。

一天深夜，他浑身像散了架似的倒在床上，听着弟妹熟睡的鼾声，他感到自己像月光下的影子一样孤立无援。他想起以前他到上海的那天，已是晚上7点多钟。在火车站接他的，除了母亲还有一个陌生男人，这让他感到意外。母亲让他叫"爸爸"。他一下子明白了这是他的继父。他虽然心里有抵触，但还是叫了一声"爸爸"。继父开心地笑了，接过他的行李说，走，我们去人民公园。三人坐三轮车到了人民公园，母亲把毯子铺在草坪上，拿出外婆店里的糕点给儿子吃。他躺在毯子上看满天的星星，这里的星星没有家乡的星星明亮。他想，大概是上海的灯太亮了，遮掩了星星的光。这一幕，他记忆犹新。

窗口挂着半截月亮，月光像水一样泻入。他想起张垅镇的月夜，窗外飞来飞去的萤火虫，像一盏盏小灯照亮了他的童年。他思念乡下的亲人，祖母、祖父、父亲，还有一起玩耍的小伙伴。所有人的音容笑貌，像一幕幕活动的画面，生动地浮现在脑海里。而他最亲的亲人是祖母。

一想到祖母，他心里就酸酸的，几乎要流泪。他知道自己回不去了，他的户口已迁离张垅镇，如今是上海人了。想到此，他终于忍不住，眼泪簌簌流了下来。

窗外响起一辆卡车隆隆驶过的声音，震得床铺像水面上的小舢板一样晃动。他孤零零地躺在床上，遥想祖母，仿佛远隔千山万水，他满腔的苦楚无法排遣，满腹的话无人可说。月光渐渐东移，像淡淡的白霜覆盖在床上。想起祖母无数次为他盖被子的情景，他突然一个激灵：想给祖母写信。

　　疼爱他的外公早已去世了，对他另眼相看的外婆派他干的活越来越多，他太累了。更受不了的是自尊心，吃饭不能上桌，仿佛他是家里的一个小佣人。曾经，他在乡下被人羡慕，因为他到了大上海，当年的优越感，如今却成了孤零零的可怜人。此刻，他屏息倾听，四周静如乡村的夜。他悄悄下床，拉亮灯，找出纸笔，就着昏暗的灯光在被窝里偷偷写信。

　　"亲爱的祖母：您好吗？"写完这句话，眼泪不知不觉流了下来。他一笔一画把在外婆家的遭遇付诸笔端，写到伤心处，泪水越涌越多，泪珠沿着脸颊滚落，滴在信纸上，洇湿了字迹。他顾不上擦泪，事实上，他希望信纸上泪水多一点，好让祖母知道他在上海有多苦。他边写边流泪，信纸沾满泪滴，字迹化开，变得斑斑驳驳。

　　他整整写满了两页纸，当他在信封上写上地址时，弄堂深处传来了鸡叫声。他把信藏在书包里，想象这封倾诉苦难的信到了祖母手里，祖母戴上老花镜边看边老泪纵横的情景。他想祖母看到这封信后，会把自己接回张埝镇，让他重温昔日自由自在、快乐无忧的日子。

　　他开始留意邮递员的身影。但日复一日，他始终没有收到祖母的回信。时间长了，他的心渐渐被失望占据。他猜想，也许祖母没有收到信，也许祖母回信了，但信件被家里人扣下了。因此很长一段时间里，他心结难解……若干年后，当蔡兵从部队回家探亲，去张埝镇看望祖母时，才得知祖母收到他的信后，不知流了多少眼泪。祖母抖抖索索地从箱子里翻出那封信，信纸上的泪痕像水迹一样印在文字上——除了他的泪滴，还有祖母的泪迹。

二、第一幅被外国人收藏的"作品"

> 绘画，让我有了用线条和色彩观察世界的独特目光。世界是一个杂色斑驳的巨大画卷，画卷上应该有我的"涂抹"。
>
> ——蔡兵

寄给祖母的信杳无音信，但生活还得继续。那段日子，他上学、帮工，支撑他的是对绘画的执着。

暑假结束，他在附近的一所中学读书。那是光明中学的一个分校，校舍虽然逼仄陈旧，但教育规格高，语数外，还有化学，蔡兵都非常喜欢。尤其是数学和化学，为他打开了绘画之外的神奇世界。他数学学得不错，碰到难题，老师喜欢叫他解答。

有一次数学考试，最难的一道题也没有难倒他。被难倒的反而是老师。因为这道题目所有的解答步骤都对，答案的数字也对，只是当中有个数字点错了一个小数点。按理说，要扣除这道题的分数，但老师考虑再三，只扣了 1 分。考卷发下来，他得了 99 分，是全班最高分。这件事成了蔡兵一个小小的"悬案"，他不明白老师为什么只扣他 1 分，但他明白一件事，即绘画可以按自己的意愿随心所欲，数学却来不得半点"犯规"。

说到绘画——进了中学，他视野开阔了，不再像在张埝镇那样说"画画"或"画图"，而是说"绘画"。他唯一遗憾的是，学校不重视美术。美术课是有的，但主课为重，美术课显然无足轻重，甚至可有可无。他只有下午放学后，回到店里站柜台，没生意时才能见缝插针，拿起画笔。

绘画，让他具有了用线条和色彩观察世界的独特目光。比起祖父的布店，外婆的糖果店更像一个杂色斑驳世界。80来平方米的店堂里，陈列着食品柜，还有当时稀罕的大冰柜。童年记忆里的长阳路街景，有着日落时分天边暮霭暗淡的背景。在他审视的目光中，张堰镇是一幅因季节变化而色彩斑斓的水彩画，而上海则是一帧线条粗粝色彩单调的木刻画。他收藏了不少木刻剪贴作品。生意清淡的时候，或者做完一拨生意后，在店堂安静的间隙，他会用铅笔临摹剪贴的木刻画。木刻硬朗的笔触与线条，刀刻般印在他的绘画世界里。

这是快乐的时刻。他铺纸绘画，沉湎于由他构建的视觉世界。对他来说，诞生于笔与纸之间的世界是多么美妙，因为其中蕴含了他的梦想与憧憬。而这个人来人往的小小店堂是他的现实世界，他在这里接触到各式各样的人。

店里生意好，顾客大都是附近的邻居。大家在这里碰见，免不了打招呼，拉家常，渐渐的，店堂内外成了人们聊天的场合。外婆就在店里安装了一部电话。弄堂里的左邻右舍，甚至隔壁店铺的店员，有事没事的，都会来打电话。打完电话，会留下小钱。有时候，有电话打到店里，蔡兵还得帮忙传呼找人。

对蔡兵来说，这是一个新鲜的现象。他开始观察打电话的人，男女老少，神态、动作和衣着各不相同。老者话语短促，三言两语，说完话走人；姑娘说话轻声轻气，又糯又嗲，脸上还不时露出羞怯的表情；中年人则直来直去，不是谈工作，就是讨论家事。还有在店堂里喝咖啡的，吃冷饮的，啃面包的，抱小孩喂奶的，不同人的姿势和表情，像一

咖啡室（现代中国画） 蔡兵2013年作

幅幅流动的画面。蔡兵一一看在眼里，等店堂安静下来，就用食品包装纸，把场景"背"出来，变成一幅幅形态各异的速写。

有空的时候，他就到外面去"见世面"。店铺斜对面是上海卷烟厂，再过去就是劳动公园。他喜欢劳动公园的安静与热闹，有一天听说那里有杂技表演，就匆忙赶去。谁知过马路时，被一辆自行车撞伤了脚，民警过来调查，他忍着痛说不要紧。他赶到公园，场子中间正在演"飞车走壁"，他找了个人少的角度，画下了惊险场面，并写下"杂技：飞车走壁，张少华演"一行字。

写生让他练就了过目不忘的本领，同时也提高了快速绘画的水平。时间长了，他越画越"像"。

生意清淡时，蔡兵会在柜台上用包装纸绘画。有顾客买东西，看见包装纸外面有图画，知道是蔡兵画的，称赞之余，一一"笑纳"。有时他偷偷给人画像，以为别人不知道，其实被画的客人早就发现了。他们故意不吱声，想看看这个小孩画得像不像。等他画完了，顾客想看自己的"尊容"，蔡兵就大方地给他们欣赏。有时候，客人会鼓励一番，拍拍他的脑袋，说声谢谢。有时候，客人觉得画得很像，想留作纪念，蔡兵就会爽快地赠送。时间长了，就有人上门请蔡兵帮他们画像，他当然非常乐意。他在长阳路一带，渐渐有了名气，有人叫他"小画家"，连外国人见了他，都会竖大拇指说"OK"。这对蔡兵来说，是莫大的鞭策。

日出日落，岁月如梭。清苦压抑的生活磨炼了蔡兵的意志，也因为绘画才华，他萌发了通过绘画改变命运的愿望。

一个初秋的午后，天有点热，外婆在睡午觉，弟妹们出去玩了。蔡兵一人守着空荡荡的店面，专心致志在纸上涂抹。这时，一位经常到店里喝咖啡的犹太人走进店堂。长阳路一带，居住着不少犹太人，他们喜欢到这里来买新鲜的鸡蛋吐司面包，或坐在店堂一角喝咖啡聊天。这个犹太人住在有老虎天窗的阁楼，蔡兵常常看见他站在窗前拉手风琴。蔡兵端上咖啡后，回到柜台后面。这个犹太人的面部特征非常奇特，棕色的眼睛，深陷的眼窝，额头宽，下巴尖，鼻梁又窄又直。在他眼里，这个犹太人的五官像刀削一般具有立体感。他忍不住铺开包装纸，悄悄为犹太人画肖像。

店堂很安静，只有他们两人。犹太人一边喝着咖啡，一边做出深思的样子。他知道这个话不多却十分机灵的少年在为他画像，他乐意做少年的模特。一杯咖啡还没有喝完，蔡兵已经放下了笔。土黄色的包装纸上，呈现出一幅惟妙惟肖的人物速写，特别是眼睛，目光深邃而传神。望着一脸稚气的少年，这个在上海生活多年的犹太人露出了赞许的笑容。犹太人用上海话说：侬画得真赞，我非常喜欢。随后问：这幅画能送给我收藏吗？

蔡兵同样露出了笑脸，有人说他的画技"赞"，而且是外国人！这个拉手风琴的犹太人要收藏他的画？他从这张脸上看到了诚意。

他签上名字，双手捧起画稿，恭恭敬敬地递给了犹太人。

这是少年蔡兵，被外国人收藏的第一幅"作品"！

三、走向独立

> 人的出生不能自己决定，但走什么路却可以自己选择。一旦确定了目标，选择适合自己的方法，才能走得更远。
>
> ——蔡兵

这样的生活，直到蔡松茂糖果饼干店公私合营，才有了改变。店里分配来了两个营业员，蔡兵不再站柜台。但他要帮着做家务，特别是每天一早，要骑自行车，到天潼路按定额购货。

有一天，顺龙舅舅来了。顺龙舅舅比蔡兵大不了几岁，很喜欢这个爱画画的外甥。以后，顺龙舅舅只要有空，就会带他出去玩。他们走到提篮桥，然后乘有轨电车去外滩。外滩有巍峨耸立的建筑，黄浦江有轮船穿梭，有笛声与海关大楼的钟声遥相呼应。尔后沿南京东路西行，拐向西藏路，一路到大世界。

蔡兵穿行在川流不息的城市峡谷，见识了上海特有的建筑魅力。沿途的景观像一幅幅流动的画，映在他脑海里，然后成为纸上的上海风情画。

1958年，中国进入第二个五年计划时期。上海各大工厂开始招收工人，迎接"大跃进"的到来。这一年蔡兵15岁，初中毕业。

一天，他和同学李培耀结伴游玩，被街上的招工海报吸引住了。海报上说，城市青年可自愿报名，去新疆、江西、浙江、江苏和上海等地的工厂当学徒工。

蔡兵怦然心动。他已经是个半大小伙了，但在外婆家的处境却没有根本改观，写给祖母的信如石沉大海，回张堰镇的希望早已落空。现在，出现了脱离"苦海"的机会，虽然报名是有条件的，比如说需要携带户口簿。户口簿在外婆房间里，外婆和妈妈会同意他出去工作吗？但是，他渴望外面的世界，渴望独立生活。他甚至想到拿到第一笔工资，留下生活费后全部上交给外婆，让外婆对他刮目相看。

他不能轻易放弃这个机会。他对李培耀说了自己的想法，想不到李培耀也想当工人。两人不谋而合，异常兴奋，说好了第二天一起去报名。

回到家中，蔡兵像往常一样干活，心里却像揣了兔子一样不安定。好不容易挨到第二天早晨，吃早饭时，他三口两口扒空饭碗，趁外婆不注意，悄悄上楼取出户口簿。

他同李培耀如约会合，前往报名地点。那是学校的一间教室，报名的人很多，工作人员给每人发一张表格，让填写志愿。工作人员说，可以先填写上海工厂，万一不录用，也可填写外地工厂。蔡兵一心想着要脱离上海的家，就填了最远的新疆，怕万一不行，又填了江西南昌的工厂。李培耀悄悄告诉他，不能去外地，我们就在上海工作，万一不同意，还是咬定在上海！蔡兵一听，是呀，他不是喜欢上海吗？上海有不少学绘画的地方，比如市工人文化宫，他如果成了上海工人，就可以去那里学绘画。他重新拿了表格，只填上海一个地方，至于什么工厂，他"服从分配"。

半个月后，当邮递员送来录用通知时，蔡兵并没有喜形于色。因为外婆和母亲都傻眼了，说"太突然"了，怎么就参加工作了？外婆这边，觉得他一走，少了一个帮手，有点不舍。母亲的意思，他才15岁，还是个孩子呢。但她心里明白，儿子是想脱离外婆的管束，寻求独立。晚上吃饭的时候，蔡兵坐在继父和母亲中间，继父说，树栋长大了，总有一天要独立的，这是个机会，就让他去工厂锻炼锻炼吧。

蔡兵和李培耀如愿以偿，进了上海的工厂。蔡兵分配在上海玻璃机械制造厂，该厂位于内江路200号，离家不远。但按照工厂规定，学徒期间必须住宿舍，这正是蔡兵求之不得的。母亲为他准备了铺盖和生活用品，送他去厂里报到。一路上，母亲说着叮嘱的话。快到厂门口时，母亲站住，把铺盖放在儿子肩上，望着儿子稚嫩的肩膀，母亲背过身，流下了感叹之泪。蔡兵又一次感受到母亲深藏不露的慈爱。

蔡兵拿到人生第一笔工资时，当晚就回到家里，把学徒的17元工资全部交给了母亲。母亲流着泪，把懂事的儿子揽在怀中。外婆见状，不由得又喜又愧，这个来自乡下的外孙，不仅懂事，还懂得感恩。

上海玻璃机械厂规模很大，一共招了近500名学徒，分成5个班级培训。蔡兵分在第五班，学习机械制图。他是班上年龄最小的学生，一开始并不起眼，但很快大家就对他刮目相看。上课的时候，老师一边讲解，一边在黑板上画图纸。他心领神会，很快掌握了机械制图的要领。因为他有绘画基础，觉得机械图纸的三视图类似绘画结构原理。第一次测验，他成绩全班第一。第二次，老师挂上各种各样的图形，要求大家用橡皮泥捏出模型。蔡兵不仅最早完成，而且捏出的模型尺寸比例符合标准，老师发现了这个学习尖子，碰到难题，就让他给大家做示范。学员们羡慕他，碰到问题纷纷向他请教。蔡兵感到自豪的同时，明白了一个道理：做人做事，必须做到最好，才能赢得荣誉。

学徒三年，工资分别是17元、19元、21元。一年后，蔡兵用48

元积蓄，在定海路旧货摊买了一辆旧自行车。他拆拆修修，又把车身重新上了一遍油漆，然后做了一个新坐垫，远远看上去，就像商店里的新车一样。

　　有工资，有自行车，每天来往厂宿舍到厂里，每隔一两周看望一下家里。这意味着自食其力，意味着真正的独立。多少个厂休日，他带上干粮和水壶，背着画板，骑车去郊外写生。

四、1962 年的上海青年宫

> 我兴趣广泛，但为了绘画，必须忍痛割爱，放弃其他的爱好。放弃是为了做自己最喜欢最擅长的事，而且永不后悔。
>
> ——蔡兵

厂领导发现蔡兵有绘画才能，抽调他到厂政工组搞宣传。一起搞宣传的还有一个叫周仁良的同事。周仁良用美术字写标语，他呢，则用水彩颜料画宣传画。

工厂里搞宣传，样样都要拿得出手。出黑板报，刻印资料，布置宣传橱窗，写标语牌，因此除了绘画还要写字。这些活，大都接上了他在张埝镇学校做的事。通常情况下，他画画，周仁良写美术字，但他跟着周仁良学刻字，写粉笔字。他有书法"童子功"，不久连美术字也写得像模像样。

在上海的工厂生活，让蔡兵恢复了自由自在活泼好动的天性。哪里有他的身影，哪里就特别活跃。除了绘画，他还常常和同事去新城游泳池游泳，在那个海水般碧蓝的泳池，他像水中蛟龙一样上下翻腾。此外，他学会了打乒乓，还学会了溜冰。他天资聪明，学什么都要学到最好。比如说打乒乓，一有空他就挥拍上阵，他喜欢同高手打球，渐渐的，高手大都成了他手下败将。在全厂乒乓球比赛中获得全厂比赛冠军，他入选厂乒乓队。后来去国棉厂、自行车厂比赛，还去沪东工人文化宫和别人打擂台。又比如，他学会了溜冰，常去平安溜冰场、新都溜冰场，兴趣很浓，每次都连溜好几场。

生活如此丰富多彩，让蔡兵充满了青春活力。是的，青春年少，精力旺盛，爱好广泛，生活在他面前展现了无限的美好。但渐渐的，他开始感觉时间不够用了。那日溜冰回来，已是深夜，躺在床上，发现一幅打了轮廓的画稿孤零零靠在枕头边上。他蓦然心惊，发现已经好几天没有动笔画画了。因为爱好太多，他违反了每天要画上几笔的规定。作为对自己的"惩罚"，他通宵达旦地完成了那幅画。这以后，他忍痛割爱，先是放弃了溜冰，后来又放弃游泳。但也有舍不得的，那就是打乒乓球。乒乓是他仅次于绘画的一大爱好，但他有控制力，除了训练和比赛，其他时间一律不碰乒乓板，绘画则成了他每天要做的事。

这样过了几年，他的绘画水平突飞猛进，而他在厂里各方面的表现也越来越引人注目。

1962年春，蔡兵听说上海青年宫美术学习班在招生，当时青年宫在江西中路200号金城大楼，是青年人的艺术殿堂。他一直盼望有朝一日能叩开这扇大门，接受正规的美术教育。厂休那天，他带了画稿去报名。没想到报名的人很多，更没想到还要考试，考试内容是素描和色彩写生。他没有画过素描，但知道素描同写生差不多，而写生是他的强项，至于色彩，主要是静物，他外出写生时，用过水粉颜料。

考试那天，他按要求带上铅笔、毛笔和水粉颜料，提前赶到了青年宫。考场是一间大教室，他想不到有比他来得更早的人，考场已经坐了不少考生。他拣了右侧靠墙的座位，这个位置中间偏后，视角不错。考试前的等待是一种煎熬，他一直处于兴奋与紧张的状态，虽然他很自信，但随着考试时间临近，他心里越来越忐忑不安，就像大战前的新兵。毕竟，他从来没有画过素描。铃声骤响，他心头反而一松，进入临战状态。

考官把一尊外国人石膏头像放在讲台上，考卷是有编号的空白"铅画纸"。他握着笔跃跃欲试，从右侧望去，头像呈现出局部的轮廓与浓淡不一的阴影。他一时无从下手，在他前面与左边的考生，落笔有快有慢，画法或者说表现手法各有所长，显示出训练有素的基本功。在绘画上，蔡兵没有接受过正规的培训，但他悟性高，虽然临阵磨枪，悟到的却是博采众长融会贯通的道理。而多年的写生，又为他打下了扎实的基础。他很快进入忘我的状态，一切仿佛均已不存在，唯有卷发、高鼻梁头像立体地浮现在视觉之中。绘画上，他后来居上，一幅融合了"众长"的素描画像跃然纸上。他端详着轮廓清晰、阴影层次有序、造型立体的素描画，感觉以前所有的绘画，都没有这幅画画得好。是的，关键时刻，想不到他这次有超常水平的发挥。他舒了一口气，在考卷上端端正正签上"柳树栋"三个字。

休息片刻，蔡兵再次进入考场。讲台上摆着一盘水果，旁边竖着一只陶瓷花瓶。在灯光的照映下，不同的水果呈现出丰富而具有对比效果的色彩，而陶制花瓶看似色彩简单，但在光线的映照下，具有微妙的光泽，而光泽本身更难摹绘。他目光四扫，静物面前，考生色彩写生的水平高下立判，只有坐在他斜对面的一个考生画得比较突出。当然，这种主要体现在布局或程序上的"起承转合"，对他而言具有引领意义，而在线条与色彩的整体把握上，他画未画，心中已有画。由水果与花瓶组合的静物呼之欲出，以各自的存在静候神来之笔莅临，让它们变成一幅以色彩为主要特征的画。意在笔先，颜料与颜料通过笔触调和成千变万化的新色彩，这正是色彩的魅力所在。蔡兵的灵感纷至沓来，色彩变成倾诉感情的语言，走笔于粉彩与宣纸之间，心无旁骛而游刃有余。画眼前之静物，现心中之丹青。蔡兵一幅色彩略显抽象的静物画，艺术地再现了色彩与色彩组合的独特魅力。

几天之后，蔡兵接到了预料中的录取通知单。自此，他以学员的身份开始了上海青年宫的美术之旅。

这一年，对上海青年宫来说，注定是不平凡的年份。首次创办的书法篆刻学习班，由专家大师执教，第一堂美术课，老师是来自上海美术专科学校的曹有诚。曹教授在讲台一侧放一座石膏像，为学生做素描示范。曹教授看一眼石膏像，就用粉笔在黑板上画上几笔，同时作相应的讲解。黑板上出现了头像的轮廓，然后是眼睛、鼻子、嘴巴。曹教授边看边画，笔触毫不停顿，寥寥几笔，通过线条与阴影的变化，一个凹凸有致、复制般精确的头像，恍若原物挂在了黑板上，而传神的眼睛仿佛为头像注入了生命。

蔡兵全神贯注，脸上的表情却是如痴如醉，他先是惊奇，然后是佩服。一个真正的画家为他上的第一堂美术课，令他对绘画本身有了一种神圣感。这种神圣感像一道闪电，照亮他的心，并将永远伴随他此后的绘画生涯。

美术学习班虽然无法与大学美术系媲美，但对悟性极高的蔡兵来说，无疑是绘画人生由独自摸索到正规训练的转折点。因为没有专业学画背景，许多绘画技巧对他来说陌生而新鲜。因此除了听课，他还喜欢看同学画画，并向曹老师讨教绘画技巧。他把从同学那里学到的长处以及曹老师教他的技巧，运用到自己的绘画中。为了练习素描和色彩写生,他创造性地用橡皮泥做成人像和色彩各异的水果与花瓶。

那段日子,他像饥饿的小羊,面对满坡的青草胃口大开。他立下志愿,要通过系统的学习,将来在美术之园,种上一棵属于自己的树苗,他唯一要做的是让树苗茁壮成长,长成参天大树。他知道,大树再高,总是从根部开始生长的。因此他要苦练基本功。

二十年后,当画家蔡兵重游青年宫,他的身份已是指导老师。在他面前,坐着一排排学画画的青涩学生。往事历历在目,台下坐着的,像无数个当年的"蔡兵"。想不到报社记者将一幅"蔡兵指导青年宫学员"的新闻照片刊登在《解放日报》上。

蔡兵指导上海青年宫学员美术创作(右一为蔡兵)《解放日报》1982年7月22日

五、黄浦江畔"一夜情"

> 恋爱是所有颜色融合成的暖色调，是一幅玫瑰色的图画。玫瑰色的情感天空，让我感受到人生的无限美好。
>
> ——蔡兵

蔡兵开始吸引异性的目光。他的淳朴与活跃，聪明与好学，他的多才多艺，尤其是绘画方面的才华，让不少姑娘暗暗倾慕。那时的年轻人表达爱慕的方式是含蓄的，然而青春年少，一切都在悄悄变化。青春期是多梦季节，蔡兵天性敏感，对异性的好奇不请自来，情感天空出现的一抹玫瑰色，让他憧憬人生的美好。但他仍醉心于绘画，心无旁骛。

直到"她"出现了。

她在铸造车间开行车，早在学习机械制图时，这个班上年纪最小成绩却排名第一的学员，就引起她的注目。蔡兵的才华，更让她由羡慕而爱慕，但从来没有同他说过话。那时候他们太小了，又是学徒阶段，不可能谈情说爱。她只是暗暗喜欢他，每每与他相遇，就会脸红，欲言又止，然后低头匆匆离开。而他呢，虽然对这个性格温柔、长相秀丽的姑娘心存异样的情愫，但直到睡一个宿舍的同事看出端倪，同他开起玩笑，并在他床头写上她的名字，他才如梦初醒。

情窦初开，只有彼此擦出火花的人才会感觉到。异性相吸的感觉微妙至极，初恋的前奏曲，一个转瞬即逝的眼神，一句语焉不详的问候，几度"不期而遇"的擦肩而过，一些恋恋不舍的回眸盼顾，都心领神会，妙不可言。情感的微妙处，如影影绰绰的轻雾，又像朦朦胧胧的细雨，有时仿佛天边的一抹彩霞，有时又恍若花前的一缕幽香。

有一天中午，蔡兵午餐后从食堂回厂部，两人再次在路上"巧遇"。他们见四周无人，会心一笑，脚步同时停下。她羞答答地问：有空吗，什么时候"碰碰头"？蔡兵霎时红了脸，心也怦怦直跳，他知道"碰头"就是约会的意思。平生第一次，有女孩想约他碰头，他胸口狂跳，心底涌上甜蜜的暖流。他腼腆地点点头。两人约定周末晚上在劳动公园碰头。她家住在平凉路，与长阳路相隔不远。

等待是漫长的，交织着兴奋、期盼与惴惴不安。绘画的时候，他眼前老是出现她的音容笑貌，仿佛她就在身边，为他扇扇子，看他调色，涂抹，脸上露出爱慕的笑意。

约会的日子姗姗来迟。在劳动公园门口，两人几乎同时提前到达。她穿着长裤和短袖衬衫，蔡兵闻到她身上淡淡的花露水味，不由得心跳加快。两人相视一笑，并肩而行。

当时所谓的约会，只是"荡马路"，没有影院、咖啡馆，或者浪漫中的花前月下。他们"荡"的那条马路叫通北路，他们边走边聊，信马由缰。约会的形式不重要，重要的是约会内容。

蔡兵谈自己的理想，谈绘画的故事。她则欣赏他的绘画才能，说他画的画、写的美术字都"非常好看"。她说，她在机械制图课上就注意他了，但一直没有机会说话。她说她约他出来是鼓足勇气的。如果他拒绝她，她是有思想准备的。

他们谈小时候的趣事，谈读书的逸事，谈工厂的新鲜事，觉得两人的话题如此广泛，仿佛有谈不完的话题。

夜色渐浓，路上的行人渐渐稀少，时间不早了，蔡兵担心她家人牵

黄浦江畔（速写）　蔡兵1972年作

挂,送她回平凉路。到了她家附近,她不愿回家,执意要送蔡兵回长阳路。仿佛梁祝的十八相送,两人往返于两条路之间,谁也不愿分别。夏夜是迷人的,不知谁说了句,我们不回家了,干脆到外滩去。

从平凉路到外滩,路途遥远,但两人一路走到外滩,感觉不到路程的漫长。月朗星稀,夜色中的黄浦江很安静,江边停泊着大大小小的轮船,浪花拍岸,发出轻微的哗哗声。链条式栏杆如硕大的项链,镶嵌于弧形的江岸。这里是外滩有名的观光道,对岸是陆家嘴,背后是著名的外滩"万国建筑"。两人沿着观光道走走停停,她看见前面的石条椅上坐着几对恋人,不由得看了蔡兵一眼。他心领神会,找了石椅一起坐下。

夜很深很静。这样的时刻,适合抒情。但那时候的年轻人谈恋爱,没有花前月下的浪漫,没有卿卿我我的亲热。他们一路走来,始终保持一定的距离,连手都没有牵过。

这时候,她把话题转到她的家庭。

她说起她的家庭,然后说到继母。上海人不说继母,而说"后娘"。她很小的时候就有了后娘。后娘对她不好,岂止不好,还经常虐待她。她说那个家,她待不下去了。他说起自己在外婆家"低人一等"的日子。他说自己小小年纪参加工作,就是为了改变寄人篱下的生活状况。

他同她,同病相怜。相似的命运,让两颗心贴得更近了。

远处,渐渐出现一丝天光。他们这才发现,整个外滩,只剩下他们两人了。蔡兵看了一下手表,已经过了凌晨四点。他们聊了差不多一夜了。

"我想，"她忽然看着他，依稀的光亮中，她眼睛明亮，目光悠悠神往，脸上似有羞色，"我想早点组织家庭，过好日脚……"

蔡兵心里扑通一声响，像打翻了颜料盒，所有的颜色融合成暖色调，组成了一幅玫瑰色的图景。但他无法回应这一诱人的图景。他向往独立的新生活，却从来没有想过要早点"组织家庭"。他太年轻了，理想像初升的太阳，闪烁耀眼的光芒。他的理想还是画画，先立业再成家。

蔡兵的内心图景与内心独白，构成了感情天空难以淡化的画面。多年之后，蔡兵重返当年行走的通北路，一切旧景不复存在，曾经的恋人已杳无音信。

但是，蔡兵不想组织小家庭，还有一个更大的原因。在他看来，这个原因是他实现人生理想的一大隐痛。

六、当兵

"蔡兵"的名字是我当兵后改的。改名,一是表明我当兵的决心,二是想改变我的命运。

——蔡兵

蔡兵的人生隐痛源于父亲柳林宝。

父亲从小虽被柳家收养,但养父母视他如己出,他自小接受传统文化熏陶,对养父母也心存报恩之心。1942年,父亲结婚后去上海岳父母家帮衬做生意,次年有了小树栋。之后带着4岁的儿子回到张垎镇养父母处,务农兼商。1953年,父亲在张垎镇工商联兼区工商联担任文书职务,一直工作到1956年。

1957年反右,这场运动本来与柳林宝毫无相干,但不知何故,竟与右派沾上了边——原因是在所谓"教会"干过差事,因此也跟着受牵连。虽然最后得到了平反,但这一阴影笼罩在蔡兵身上——蔡兵纵然把绘画当作终生事业,也无法用暖色调抹去。

1962年,大陆与台湾剑拔弩张。冬季招兵的消息传到厂里,蔡兵觉得机会来了,但临去报名,他却有一番思想斗争。他舍得离开玻璃机械厂吗?他在厂里表现很好,领导器重他,"她"钟情他,同事之间也相处得很融洽。他舍得离开家庭吗?他用工资补贴家用,外婆改变了对他的看法,开始喜欢他了,母亲更是舍不得他。但蔡兵想,只有当兵,才能在解放军大熔炉里得到锻炼。

他去报名了。

下班回家，他把报名参军的消息告诉了家人，想不到第一个反对的是外婆。外婆不说反对的理由，只是强调这次参军，是要打仗的。他说，参军光荣，部队是革命大熔炉，打仗他不怕。这是他第一次顶撞外婆，虽然他理直气壮，心却也有点忐忑。外婆没有生气，只是说了句，你考虑考虑清楚吧。至此，母亲想说什么，也只能轻声叹息了。母亲知道儿子的脾气，想做的事，一定会去做。继父虽然没有说什么话，却冲他暗暗点头。于是他明白，他参军的事，家里同意了。

　　但蔡兵没想到，外婆关于"考虑考虑"的话是缓兵之计。第二天，外婆跑到厂里直接找领导求情，说外孙去当兵，家里一大家子人怎么办，外婆请领导劝劝外孙。厂领导找了他，说他外婆求情的事。他急了，当即向领导表决心，说他坚决要求参军，是响应党的号召，到前线去，保卫社会主义江山。

　　拿到入伍通知书的时候，母亲流泪了。母亲明白儿子的心事，她不该阻止，也无法阻止儿子向往光明前途的决心。

　　母亲默默地为儿子准备行装，让他踏上另一种人生的道路。

　　看见母亲痛苦的样子，蔡兵的心同样有痛感。在上海，他是逐渐了解母亲的。回上海6年了，母亲对他的爱，别人不易察觉，他是心知肚明的。父亲也爱他，但因为政治原因，很少有书信来往，更不要说见面了。

　　临行前，蔡兵在自己的阁楼上，为母亲画了一幅画像。母亲穿着旗袍，系着围巾，倚门而立，眼睛似有泪光，仿佛盼望儿子早日归来。

　　母子间所有要说的话，都在画面上了。

　　欢送新兵的那天，有喧天的锣鼓声。口令声中，新兵列队而站，一律的黄军装，四方背包，所有的装备都是相同的。唯有蔡兵不同，别人的背包上插着一双军鞋，而他的背包除了军鞋，还插上了一副乒乓板……

第三章　黄色时期

黄色。

黄色是阳光、友情和希望的象征。

譬如凡·高的《向日葵》。画家用令人目眩神迷的火焰般的黄色，通过描绘盛开的向日葵，表达对阳光的追求，对生活、对爱与友情的渴望。

在蔡兵的履历中，黄色更有另一种意义——对军旅生活的全部记忆。

呈现于蓝色海面的是太阳金子般的颜色。在阳光的照射下，蔡兵泛舟于艺术之海。

比起凡·高的《向日葵》，蔡兵的版画多了一抹硝烟味。

一、奔赴前线

> 第一次看见大海的时候，发现海面的波浪是有色差的，色差之间是有线条的，线条之上是有岛屿的。在我的视野里，大海就像一幅巨大的画。
>
> ——蔡兵

1962年的一个秋日，上海火车站军旗飘扬，军歌嘹亮。即将离开上海的新兵，从这里出发，搭上开往前线的列车。"向前、向前、向前，我们的队伍向太阳……"广播里一遍遍播放《中国人民解放军军歌》，受到鼓舞的新兵神采飞扬，在亲人的叮嘱声中，露出兴奋而稚气的笑脸。

母亲为蔡兵送行时，心情是复杂的。儿子懂事，不需要过多的叮嘱。深秋季节，秋风掠过城市上空，从远处飘来的落叶落在儿子身上。母亲捏住树叶时，集合号突然响起，母亲一惊，不由得松开手指，树叶飘飘悠悠到了脚下。

告别的时刻到了，母亲忽然握紧儿子的手，眼睛里渐渐涌出了泪水。蔡兵一下子被母亲的眼泪击中，心头涌上千言万语。但他现在是军人，母亲这样多少让他感到依依不舍……他本能地想抽出手，但又很愿意让母亲握住。直到集合的哨子再次吹响，他才急忙抽出手，对母亲笑了笑，转身一路小跑。归队前，他回头寻找母亲，母亲在送别的人群中对他挥手，他也挥挥手，身影一晃，融入整装待发的队伍。

火车缓缓驶出城市，然后加速，一路南下。这是运载新兵与物资的货运军用棚车。棚车内坐满了新兵，因为光线太暗的缘故，大家都很安静。火车铁轮碾过铁轨的声音越来越单调，而且无休无止，不知驶向何方。有人询问带队的连长这是去哪里，连长摇摇头，说自己也不知道。蔡兵心想，也许这是军事秘密，连长就是知道，也不能泄密。

这一年，蒋介石叫嚣要反攻大陆，台海形势非常紧张，各地都处于战备中。满载新兵的火车时快时慢，不仅站站停靠，而且有时候还得给其他火车让道。难熬的是，有时一停就是几个小时，但又不能下车，因为火车随时都有可能启动。只有很少的几次，可以下车到站台上活动身子，就地"吃喝"，"拉撒"则在车厢末端放着的一个带盖的木桶。

蔡兵听到有新兵在小声抱怨，又听见有人在偷偷哭泣。他觉得不可思议，不要说眼前这点困难，就是吃再大的苦，他都能挺住。他是自愿当兵的，有这个思想准备。他看过电影《上甘岭》，对志愿军吃苦耐劳不怕牺牲的精神印象深刻。新兵之间还不熟悉，很少交谈，好在他背包里有画笔，可以借着窗外的微光，画上几笔速写，打发路途的寂寞。

火车行驶了六天五夜，突然停下。不久前方传来命令，让大家统统下车，说是铁路遭到破坏，火车无法前行。蔡兵后来才知道前面的铁轨已经扭曲，有的甚至已经断裂。带新兵的首长说现在已经进入福建地界，时间紧迫，必须绕道急行军，插到前方的车站。

尽管已是深夜，但离开闷罐子似的棚车，新兵们精神还是为之一振。大家列队集合，撒开腿一路前行。福建山高林密，夜色像倒扣的铁锅，扣在大家头上。蔡兵随队伍在山林中穿行，黑暗中，大家不是被树枝擦破了小腿，就是被划破了脸颊。这些上海兵何曾翻过山越过岭？不一会儿，大家就气喘吁吁，口干舌燥，汗水湿透军装，脚底也磨出了水

海边（现代中国画） 蔡兵2010年作

泡。但他们知道，军令如山，决不能掉队。

时间一长，蔡兵的眼睛渐渐适应了夜色。天空呈微亮的暗青色，周围的景色隐隐约约，像水墨一样深深浅浅，勾勒出大色块的墨晕。这样的图景，他平生第一次看见。

天蒙蒙亮时，队伍路经一个山村，发现田边有一条水沟。队伍就地休息，疲惫不堪的战士纷纷去水沟洗脸喝水。蔡兵看见水面上漂浮着星星点点的污物，但实在口渴，也顾不得许多，俯身用手拨开污物，捧水喝了一口，润湿一下干裂的嘴唇，然后用水壶灌满水，喝了个痛快。

在奔赴前线的途中，队伍步行、上车、下车，终于到了福建石狮镇。部队在镇上休整，住在一所学校里。安排好地铺后，蔡兵同战友外出逛街。马路两旁有各种各样的商铺，甚至还有电影院，就像上海的一条小街。一时间，蔡兵仿佛回到了上海。他和战友买芝麻糖解馋，舌尖上品出了家乡的味道。他想，如果驻地在这里多好啊！

当晚，蔡兵在学校的地铺上美美地睡了一觉。

没想到，第二天一早，新兵还未看清石狮镇全貌，队伍又开拔了。这次，他们一路行军，抵达部队的驻地——福建最前线的晋江县乳山村。

乳山村，顾名思义，山的形状恰似母亲的乳房。村子离金井镇很近，金井镇再往前，就是与金门岛一水之隔的围头。新兵第一天训练，部队就拉到了围头，参观"战斗英雄安业民"炮位，1958年，解放军炮击金门时，安业民坚守炮位，牺牲在阵地上。在围头，用望远镜观察，可以看见金门岛流动哨兵的身影。

蔡兵第一次看见大海，心灵为之震撼。虽然战事吃紧，但太阳照射下的蔚蓝色大海，呈现出深浅不一的色差，色差之间仿佛涌动着无形的线条。远处是嵌入海面的深褐色磐石，或绿意盎然的岛屿。波浪似乎被无休无止的海风卷起，铺排而来，轰然砸向山体，激起巨大的水花。在他的视野里，大海所呈现的景象，像一幅幅澎湃的画印在他的脑海里。

乳山村的房屋是用石块砌成的。部队在这里安营扎寨，成为前线突向大海的一把尖刀。因为是紧急战备，部队还没有营房，蔡兵所在的连队就分散在老百姓家里，基本上一户人家安排一个班。驻地紧靠沿海，村民中百分之九十七是南洋华侨，住房条件比较好。蔡兵环视入住的石屋，见墙角有一口寿材，他们的床铺就挨在边上。胆小的战士小声嘀咕，蔡兵从小胆子就大，说我们人多不怕的。他放下背包，抽出乒乓板，问老班长："俱乐部在哪里？"班长一愣，说："什么俱乐部，那里成弹药库了！"蔡兵的心一下子凉了下来。想在部队成为乒乓球运动员的梦想破灭了。

1962年，正是困难时期，但中午供应的伙食是大米饭、青菜萝卜，虽然没有荤腥，大家也吃得津津有味。可是从第二天开始，天天就吃地瓜饭了。

下午紧急集合，每个战士领到了一杆枪。连长训话：我们是出来当兵打仗的，现在是自然灾害时期，前线形势又非常严峻，大家要提高警惕，随时做好战斗准备。连长接着说了最近的敌情。乳山村是前沿阵地，蒋介石反攻大陆，抛出"旭光作战计划"，经常有特务过来"摸舌头"。有人问什么叫"摸舌头"，连长说就是"抓俘虏"——万一被摸了"舌头"，就会抓到台湾去。为此，连长命令，每个战士必须在乳山挖一个"猫耳洞"作掩体，防止被敌人"摸舌头"。按连长的布置，晚上轮流放哨，进入战备状态。

蔡兵和大家一起，用铁锹和钢钎挖"猫耳洞"，之后又去乳山顶上筑碉堡。这个劳动强度更大，要从其他山头搬来石头垒墙。战士们用绳子拉，用木头扛，手上打起了泡，肩上磨出了血，还得防备蒋介石的飞机扔炸弹。

敌方有通过气球放传单、飞机上散发大米、烟、酒，甚至手表。蔡兵放哨的时候，就亲眼见到金门飘来的气球上的传单，像雪花一样飘下。连长说，捡到敌人的东西，一律交上级处理，特别是捡到手表，不要乱动，更不能上发条，因为敌人会在手表里暗藏炸药，只要一打开，就会爆炸。连长说，在兄弟连队，曾经发生过手表爆炸伤人的事件。

所有发生的事，蔡兵大都写入了日记。他的日记记载生动，而且有文学色彩。指导员常常会当众读他的日记。他在日记里写道：形势越来越紧张，半夜突然吹哨集合，说是有小股敌人摸上"舌头"，上级命令各连队撒网围合，务必全歼或活捉来犯之敌。我们一路急行军，天地一片漆黑，战士们手臂上扎着醒目的白毛巾，悄悄往后传话："乳山、乳山！"我想起了抗战时期的八路军战士……

可见当时，战斗的硝烟已弥漫了整个前线。蔡兵终于明白，他到部队，不是来打乒乓球，而是来打仗的。

二、《海疆战歌》——蔡兵处女作见报

> 我开始以蔡兵的名字发表作品,是在部队评上"五好战士"之后。"蔡"是母亲的姓,"兵",我是部队里的兵。
>
> ——蔡兵

军事训练开始了,这是每个新兵的必修课。其中打靶一项,更能考验战士的军事素质。蔡兵从小会打弹弓,而且有准头。他琢磨每一个动作的要领和诀窍,卧倒、瞄准、射击,一丝不苟。他打靶的成绩开始鹤立鸡群。后来每次打靶前,不管是半身靶还是全身靶,连长总让他先"修靶",即根据风向、风力和距离,校整准星,以提高命中率。射击考核,蔡兵成绩优异,被部队授予"神枪手"称号。

连队指导员知道这个机灵的上海兵文武双全,不仅枪法准,更会画画,自然对他十分赏识。

新兵训练结束后,为创建"四好连队",指导员从档案中得知蔡兵以前在厂里是搞政宣的,就推荐他去报道组并担任组长。报道组的工作主要是搞宣传。那时评"四好连队"有个硬指标,就是连队必须要有一篇文章或一幅画见报。

那时候,蔡兵不会想到,他的画家命运就此开始,他从小种下的绘画幼苗,将在部队这个特殊的学校,成长为艺术大树。

蔡兵去报道组搞宣传,而且担任组长,使得他凉了半截的心,重新燃起了热切的希望。是的,比起乒乓,他更喜欢绘画。参军能改变命运,绘画则可以实现自己的理想。他奉命参加营团一级的宣传干事会

议，听别人讨论如何组稿，如何提高见报率的话题。蔡兵知道，参加这样的会议，是他尽快进入"临战状态"的最佳机会。有的老宣传干事，特别是搞宣传画的，虽然没有作品见报，但他们有如何选择题材的经验。而不少宣传干事叹苦经，几年下来，稿子投了几百件，塞了一抽屉，一篇也不曾见报。蔡兵听明白了，写稿要有"新闻由头"，有新闻价值，宣传画呢，要针对当前形势，起到鼓舞士气，打击敌人的宣传效果。

回到连队，他有了强烈的紧迫感，为连队争荣誉，作品就要尽快见报，包括文字稿和画稿。在部队，他要以绘画作为宣传的主攻方向。他暗暗下决心，争取创作100幅画，总有一幅作品见报吧！

指导员听了蔡兵的"雄心壮志"，特别高兴，准许他"脱产"搞创作。村民家中没有画画的地方，他就坐在床铺上构思与打草稿。然而，蔡兵的"特殊待遇"，也有不被人理解的时候。一次，他在床铺上刚画完一幅画，班里搞副业生产的战士满头大汗地回来了。班长突然抢过他的画，一边撕，一边说，全班战士都在种菜浇水，他却不出劳力，躲在房间里"画画"。

看着辛辛苦苦画成的画稿变成一地碎片，蔡兵的泪掉了下来。当兵至此，吃再多的苦，作为军人，他都没有掉过一滴泪。但此时，不被理解的委屈，让他流下了伤心的泪。他受不了这个委屈，他视画画如生命，怎么可以让人糟蹋？他是服从命令听指挥的解放军战士，但此刻，他据理力争，告诉班长这是指导员的命令，画画也是劳动，是脑力劳动。

一日，指导员询问他创作的进展，他忍不住说了这件事。指导员狠

海疆战歌（刊头画）柳树栋（蔡兵） 1965年作

狠批评了班长,说蔡兵画画,是为了创建"四好连队",还说文艺宣传也是战斗力,这比种菜浇水更重要。班长终于明白过来,当即向蔡兵赔礼认错。这样一来,蔡兵反而不好意思了。

蔡兵所在的连队是守备部队,地处对敌前沿阵地。不久,《解放军报》在头版显著位置,刊登了题为《把蒋匪帮消灭在滩头水际阵地前沿》的重要文章,部队首长说,一旦形势紧张,全体官兵必须穿上新军装,给家里写好"遗书",随时准备牺牲。

因此,蔡兵白天画画,晚上站岗放哨。那时的岗哨有单人岗、双人岗、流动岗等。蔡兵站岗时,一边为第二天的创作构思作品,一边睁大眼睛四处张望,生怕被"摸舌头"。有一次,他巡逻到战壕边,月光下,猛地撞见一堆枯骨,吓得毛骨悚然。他知道这也许是挖战壕时没及时清理的遗骸。他很快镇静下来,整整军装,挺直胸膛,钢枪在手,警惕地监视着海面,直到天际露出暗淡的霞光。

海上跃红日,金黄的阳光铺洒在蓝色海面上,雪白的浪花与白云遥遥相对。大海,丝毫不因形势严峻而减弱辽阔的壮美。灵感突如其来,蔡兵眼前出现了守卫海疆的战士手握钢枪,严阵以待,随时准备歼灭来犯之敌的英姿。

回到连队后,蔡兵出了一期墙报。然后,他把在墙报上画的插图转换成版画的特殊线条。由于没有木板和刻刀,他只能用纸代替木板,用画笔代替刻刀。在这之前,他每隔一段日子,就会给报社投稿。他完成了这幅题为《海疆战歌》的"木刻画"后,寄给了福州军区的《解放前线》报。这是他第七次投稿。

1965年5月15日,对蔡兵而言,是个终生难忘的日子。这一天的《解放前线》报第四版副刊，刊登了他生平第一幅美术作品。他久久地盯着自己的处女作，激动的心情难以言表。画面上，大炮屹立于磐石上，一解放军战士斗志昂扬，高举发令旗；四位战士操纵大炮，时刻准备发射；战机呼啸，留下两道转眼即逝的轨迹；海鸥逐浪，翅翼猎猎可闻。"海疆战歌"四个刚劲大字下，有一行铅字：海疆战歌　木刻　柳树栋。

蔡兵眼睛湿润了。自母亲从上海带给他画报的那时起，他就渴望有朝一日，自己的画能出现在报刊上。虽然生活坎坷，命运多变，但他为了这一时刻，没有停下手中的笔和刀。

他没想到，第七次投稿，理想的火花就提前升空。

他更没有想到，他发表作品的消息会轰动整个连队和村庄。战友们围着他，祝贺的祝贺，递烟的递烟。连长、指导员也来了，满面春风地称赞他为连队争了光，说这是本连战士第一次在报纸上露脸，要给他记功。乳山村的老百姓也来了，说要亲眼看看在"报纸上画画"的解放军战士。

当晚开饭，虽然依旧是地瓜饭，但蔡兵吃得特别香甜。夜里睡觉，他把报纸小心翼翼压在枕头下，然后躺下。他心里想着下一幅作品。

这以后，蔡兵一发不可收，隔三差五地就有画稿投寄报社，其中大多见了报。除了福州军区的《解放前线》以及《解放军报》《解放军文艺》等军报军刊，连地方上的《福建日报》《厦门日报》《泉州日报》《漳州日报》等报纸，也不断刊登了他的美术作品。村里杂货店订有报纸，大家都传开了，只要蔡兵的画一见报，就有人带上报纸找蔡兵，把报纸给他。有时候，蔡兵去杂货店，老百姓会高兴地围着他，说乳山村的驻军出了一位大画家。

连队如愿荣获"四好连队"称号,蔡兵也因此评上了"五好战士"。对蔡兵来说,评上"五好战士"意义非凡。他加入共青团组织后,更加刻苦创作,积极要求上进。

蔡兵多次受到嘉奖,连续评上"五好战士"后,正式把姓名改为"蔡兵"。"蔡"是母亲的姓,"兵",他是部队里的"兵"。

他开始以蔡兵的名字发表作品。之后,他先是抽调到营部搞美术宣传,后来又被团部看中。他发表的作品越来越多,团里、师部就为他的作品做了30多幅幻灯片,供首长和战士观看。团电影放映队一个叫刘治安的湖南兵,同蔡兵特别投缘,他们一起创作,一起在报刊上发表作品。他们还合作绘制了多套反映英雄事迹的连环幻灯片,在全团各连队轮流放映,大受欢迎。后来蔡兵调到福州军区政治部文化部"毛泽东思想展览"创作组,成为各军种调来的九人创作组的成员之一。

三、子弹壳刻刀

> 在部队，刻刀是我的另一种武器。作为战士，我大部分时间都在用版画抒发军人的豪迈情怀，颂扬战士的英雄主义。
>
> ——蔡兵

蔡兵在版画领域，寻找到了人生的亮点。他发表的第一幅作品，被他后来称为"绘画人生从木刻起步"。

但是，由于没有木刻刀和板材，他的第一幅木刻作品以及最初发表的木刻作品，都是用画笔而不是刻刀创作出来的。在版画界，这叫"假版画"。虽然根据形势的需要，版画必须快速及时起到鼓舞士气的宣传作用，绝大部分都采用"假版画"的创作方法，但蔡兵一直想创作一幅真正意义上的版画。

蔡兵借到金井镇搞军民画展时，认识了当地两位画连环画和版画的画家。他们见识了蔡兵的创作版画的技法和才能，非常欣赏，都愿意和这个"解放军画家"交朋友，互相探讨和交流绘画艺术。他们送给蔡兵几幅版画作品留念，说这是朋友刻在三夹板上的木刻，所用的刻刀，有圆刀、平刀、斜刀和三角刀。

在上海的时候，蔡兵在画刊上看到过刻刀。木刻以刀为笔，刻制版画，需要不同的大、中、小刀具，刃口呈圆弧形的圆刀，刃口呈平直的平刀，刀口呈斜角的斜刀，另外还有三角刀等工具。

画家告诉他，镇上有个老铁匠，会制作刻刀。画家说，你是部队的，带几个子弹壳给老铁匠，"他善于用弹壳做刀柄制成的刀具"。

蔡兵找到铁匠铺，四周墙上，挂满了形状各异的农具、大小不一的鱼钩以及叫不上名的铁制品。铁匠铺四壁的物件，像陈列有序的展品一样，令蔡兵惊叹不已。他说明来意后，掏出一把子弹壳给老铁匠，说他需要一套完整的刻刀。

几天后，蔡兵按约定的时间，叫上一同搞画展的战士去铁匠铺。木质粗糙的台子上，十多把由刀具、子弹壳和木柄构成的刻刀，按粗细长短排列，呈现在他面前。锻造的圆刀，锯条磨制的平刀、斜刀，用伞骨铁条做成的三角刀，基本上构成了具有特色的未来版画家所需要的木刻刀具。出自临海小镇铁匠之手的木刻工具，虽然不入版画高手的法眼，但蔡兵却如获至宝，欣喜万分。

蔡兵用攒下的津贴付了工钱，用布小心翼翼包紧了刻刀，万分感谢地辞别了老铁匠。他创作和发表了不少木刻作品，但是见到并且拥有刻刀，还是第一次。一起来的战士也是上海兵，见他揣着刻刀，一副爱不释手的样子，受到感染，用上海话说，走，庆祝一下，吃老酒去。

吃酒？蔡兵有些迟疑，从小到大，他从未喝过酒。但今天是个值得庆祝的日子。

两人找了一家小饭馆，点了几个菜，一人要了一小盅白酒。战友与他干杯后，喝了一口。蔡兵闻了一下酒，酒气辛辣冲鼻。他屏住呼吸，小心翼翼地抿了一小口。这是当地产的烈性白酒，滴酒不沾的蔡兵不知道厉害，酒入肚时，火烧火燎一般从口腔经过食道直抵胃部。但此刻，他为豪情所激，主动与战友干杯。从胃部燃烧的酒精一路上蹿，抵达头部。他喝了不到一两白酒，就觉得脑袋晕乎乎的，脸上烧得发烫。他话多了，说一定要用刻刀创作真正的版画。战友也很兴奋，说，刻刀就是

蔡兵第一套加工的木刻刀 1963年制

你的武器，好好干吧！

　　他是由战友搀扶着离开饭馆的。他一脚高一脚低，像踩在棉花上，飘飘欲仙。这是他平生第一次喝酒，他不胜酒力，一盅酒下肚，他处于半醉半醒中，醉的是身体，醒的是思维——一些被称为灵感的东西，在不经意间蹦了出来。

　　当晚，他开始用刻刀创作版画。

　　——他真正的版画生涯就此开始。

　　他最初用这套刻刀创作版画的板材是连环画画家提供的。木板是白桃木、椴木和梨木，包括椴木三夹板。

　　木刻是在木板上用刀刻出反向图像，然后印在纸上的一种版画艺术，而版画则是美术的一个重要门类。木刻的创作过程较其他画种复杂。先画在木板上，画图不难，难的是需要反着画。他想起青年宫老师说过，版画如篆刻，得用镜子照着刻。后来，他试着在拷贝纸上画正稿，然而用木炭笔画好后，后再将画反面覆盖在板材上，磨印到刻版上。

蔡兵的木刻创作，第一幅版画《知心话》，是镌刻在白桃木上的，画面是山村老农对回乡知识青年的嘱咐。继而，他用椴木与梨木刻画。渐渐的，刻刀在他手中运用自如。板材上，刀锋所至，心到手到，游刃有余。他在三夹板上刻画时，已得心应手，所刻制的版画线条入木三分，刀法细腻遒劲，构图流畅大气，画面意境深远，除了应形势需要具有战斗性外，还有较高的艺术欣赏价值。这在当时来说，非常不容易。

《知心话》很快在《泉州报》发表。

乳山村有几个年轻人也喜欢木刻，尤其是一个叫林育化的青年，见蔡兵经常在报刊上发表作品，为人又好，非常钦佩他。两人经常在一起切磋刻制技艺，探讨版画艺术，由此结下了纯真的友谊。蔡兵庆幸自己在这里找到了知音，而林育化为了表示敬意，执意把亲戚从香港带来的一套日本木刻刀赠送给了蔡兵。这套真正的刀具做工精致，刀刃锋利，使用起来非常趁手，让蔡兵喜不自禁。

这以后，蔡兵轮流用两套刀具刻制版画。除了备战的题材，诸如《春耕》《拥军爱民》等反映军民鱼水情的作品，也纷纷被报刊采用。

之后，蔡兵接到福建军区调令，去搞美术创作。虽然距离远了，他依然与林育化保持着书信来往。1968年复员时，他专程回乳山村探望林育化。但村民告诉他，他的好朋友去了香港。

时隔五十余年，说起林育化，蔡兵的脸上浮现出柔和的微笑。时光可以磨灭很多记忆，但他同林育化兄弟般的情谊，永远铭记在心。那套日本刻刀，同土制刻刀一起，伴随着蔡兵半个多世纪的版画生涯，并保存至今。他用两套刻刀，创作了版画《会战》《常备不懈》《渔歌》《春晓》《崛起》《云南小景》《不停的夜》《渔家女》等大量优秀的版画作品。20世纪八九十年代，他连续获得中国版画家协会"优秀版画家"称号，还曾获得"鲁迅版画奖"、挪威第七届国际版画展"获奖评委"等殊荣，并被邀请为《中国美术辞典》版画编委。他取得了这些版画成就，成为中国著名的版画家。

当然，他的成就不只是版画。

四、军民合办画展

> 我至今仍然怀念那段军旅生活，那段日子带给我的，不仅仅是战友情、军民情，还有对创作的生活积淀和艺术追求。
>
> ——蔡兵

台湾方面小规模的特务渗透和武装骚扰时有发生。面对沿海空降和偷渡的小股敌人，我军战备丝毫没有松懈，此外还针锋相对，采用宣传战回击敌人。其中，蔡兵的对敌宣传品绑在气球上，由竹排漂向金门。有时候，宣传品还会漂流到台湾近海处，被渔民打捞上船。

部队处于紧张战备状态，地方上也同仇敌忾。金井镇为配合形势需要，准备搞"阶级斗争教育展览馆"，苦于搞宣传的人才不够，因此到部队借人。连队派出蔡兵和另两名战士参与展览会绘画和布展，这样，就成了军民合办画展。

画展的任务，是将宣传的文字资料画成图片，以图文并茂的形式，让老百姓受到直观的教育。为此，蔡兵受命出差上海，购买布料、纸张、颜料等宣传材料。

没过几天，蔡兵出差到了上海。他住在部队指定的沧州饭店，饭店离吴江路不远，他当天晚上就回家了。第二天，天蒙蒙亮，他就起来扫院子。院子里住了好几家人家，他把院子统统扫了一遍，邻居开门，看见一位解放军战士在打扫院子，纷纷赞扬他"不愧是解放军"。

蔡兵很快回到金井镇。展览会组成八人宣传组，部队三人，地方两人，镇上还选派三个姑娘帮忙做剪纸、布展等活计。大家吃住在大院

无题（现代中国画） 蔡兵2019年作

里，尽管外面不时传来飞机大炮声，可院内春光普照，姑娘们的欢声笑语给蔡兵他们增添了活力，大家个个精力充沛，生龙活虎。而姑娘们也会在工作之余，帮他们洗衣叠被，或适时烹饪美味佳肴，犒劳他们。

蔡兵长期生活在紧张严肃的部队，到了地方，感到从未有过的轻松和愉悦。三个姑娘中，有个叫阿花的姑娘，是大家公认的"镇花"，她的照片，曾被镇上的照相馆放大后布置在橱窗里。战士们争相传看她的照片，还有人偷偷把照片藏了起来。阿花特别钟情人品好、有绘画才华的上海兵蔡兵。如果家里有刚捕来的新鲜鱼虾，她会煮熟了带给蔡兵品尝。当然，其他人也跟着一起沾光。

蔡兵第一幅刀刻的版画《知心话》发表时，大家都很高兴，特别是阿花，更是心花怒放。作品发表当天，她另约了两个姑娘去海边打鱼，拎回满满几袋鱼虾，还有不少吐着泡沫的海蟹。傍晚，姑娘们负责煮海鲜，男士们负责沽酒，一顿因地制宜的海鲜酒席让年轻人的心贴得更近了。

日久生情，蔡兵和阿花的友谊更加深了，但他们虽然有情，却不敢表白，更不敢越雷池一步。尽管如此，他们会相约去海边观日出、看日落。椰风倩影，碧海白浪，蓝天红霞，炮火的硝烟仿佛被海风吹散，呈现出平静温柔的晨光夕照。

这样的画面让蔡兵充满创作的激情。画展结束，蔡兵将回到乳山村。依依惜别时，阿花眼睛含着泪，青春年少，满腔情意，却无法诉说。看着阿花依依不舍的神情，蔡兵心里酸楚苦涩，五味杂陈。阿花曾经告诉他，她把刊有《知心话》的《泉州报》藏在家里，没人的时候会拿出来看。但人虽有感情，军纪不可违，他是解放军战士，纵有千言万语，只能存于内心。在分别时，阿花鼓起勇气，轻轻说，我们去拍合影照好吗?蔡兵犹豫了一下，点点头，再看阿花时，她脸上已飞起红晕。之后阿花还会从金井镇去乳山村看望蔡兵。

直到蔡兵借调到福州军区，从福州到金井镇，才有了属于他们的邮路。

五、在福州军区创作组的日子

> 时代的特征会影响社会行为——无数人的自觉或不自觉，独具慧眼或集体无意识。画家的伟大之处在于，在画面上留下时代的烙印与个人气质。伟大的作品是对时代的映照。
>
> ——蔡兵

1966年，"文革"开始。

一纸命令，蔡兵调到福州军区政治部文化部，筹备"毛泽东思想展览会"。这虽然是政治任务，但蔡兵把它看成是施展艺术才华的大舞台。

令他惊喜的是，他去福州军区报到时，遇见的第一个人，竟是庄金华——他在《解放前线》报发表处女作的美术编辑！

两人相见，自然十分高兴。蔡兵表达了知遇的谢意，庄金华哈哈一笑，说，现在，你的作品到处开花啊。

参展的创作组人员一共9人，除了蔡兵，陆续报到的有《海军》杂志社美编黄宜中，中国美院教务部陆嘉陵，版画家葛维墨，书法家李清，雕塑家周荷生，版画家黄福坤，多才多艺的陶华等。

来自军区不同部门的书画骨干汇集在展览会，给了蔡兵融入军中画坛的机会。展览会设在福州市风景优美的西湖公园。大家住在西湖公园内，要外出采风，就骑体工队的自行车。艺术家们一心扑在创作上，蔡兵更是抓住这难得的机会，潜心绘画创作。

在这里，每个画家都有自己的特长和绝活。比如庄金华爱好广泛，除了绘画，还喜欢摄影。有一次庄金华邀蔡兵在公园拍照。庄金华想拍

蔡兵（23岁）摄于1966年福州军区

雕塑家周荷生在福州军区为蔡兵塑像

一座桥，但桥的前面是一大片空地，就折了一根树枝，让蔡兵放在镜头前作近景。照片冲印出来，画面效果非常好。他编著的《摄影技法》令蔡兵受到启发，觉得这些方法可以运用于绘画构图。

又如，美编黄宜中是大画家黄胄的学生，基本功扎实，画技有特色，对美术理论也有研究。蔡兵从黄宜中那里得到不少指点。

还有雕塑家周荷生。蔡兵在现场观摩周荷生搞雕塑创作，觉得比起绘画，雕塑更有空间感。他同周荷生成了好朋友，展览会结束后，周荷生为他雕塑了一尊头像。看着自己的头像被雕塑成艺术品，蔡兵非常珍惜，至今还保存着这尊"蔡兵雕塑"。周荷生的妻子庄元也是搞版画的，曾经送给蔡兵几幅水印木刻。

至于版画家黄福坤，更是"同行中的同行"。黄福坤在版画界大名鼎鼎，一幅《渴》曾轰动全军——画面上，是战士利用间隙时间，边学习毛主席著作边喝水的生活场景。如今这幅《渴》原版木刻成了蔡兵的收藏品。那是黄福坤临分别时送给他的。蔡兵复员时，黄福坤还专门刻了一枚"蔡兵之印"印章，送给他留念。

展览会期间，还有一段佳话。黄福坤与泉州姑娘苏美霞喜结良缘，婚礼就设在西湖公园。婚礼上，大家聚在一起喝茶吃糖。虽然简单朴素，但大家真诚祝贺这对新人，为他们的姻缘而高兴。

蔡兵在这群才华横溢、各有特长的文才武将的圈子里收获颇多，绘画水平及艺术修养大有长进。他聪明好学，善于博采众长，且有思维超前、出手快的特长，也深得同行赞许。

在福州军区的日子，是他艺术生涯中一段金色岁月。结识了知心画友，也是他一生宝贵的财富。

岁月动荡，多少年过去了。当年的战友，都有不同程度的发展。黄福坤复员后，历任报社、出版社美术编辑、副总编、海风出版社编委。陶华曾担任上海沪剧团团长。周荷生是浙江美院雕塑系第一届毕业生，后来回上海任上海工艺美术学校校长。庄金华回上海后，不再画画，主要从事摄影工作，后来出版过摄影书籍。陆嘉陵回浙江美院，在团委任职。黄宜中则在北京一家杂志社工作。

蔡兵则调入上海文联，在市美术家协会工作了 37 年。

六、列车上的奇遇

> 我在绘画时，充满生命的激情和对生活的热爱，通过艺术的旋律和丰富的色彩语言，表达内心蓬勃的情感……
>
> ——蔡兵

1967年，蔡兵受命回上海采购宣传材料。他一身戎装地出现在福州火车站时，吸引了众人的目光——"大串联"的"红卫兵"、形形色色的旅客以及列车员，纷纷对这个年轻英俊的解放军战士行注目礼。在以军装为时尚服装的年代，佩有红领章、红五星的军装更令人羡慕。

蔡兵登上列车，手里拿着一大一小两本速写簿，沿着过道找到3号卧铺车厢。他的车号是下铺，安顿好行李坐下，他打量了一下周围，然后对着窗子看外面的风景。列车启动，窗外一掠而过的风景如同一幅幅稍纵即逝的画面。他习惯地取出钢笔和铅笔，在速写簿上画速写。他落笔飞快，把视觉中定格的画面，通过艺术化构图呈现在速写簿上。画了窗外的景色，又画车厢里的旅客——匆匆上车的旅客，依依惜别的情侣，老、中、青的样貌神情与姿态，人物线条之流畅生动，在速写簿上栩栩如生。不多一会，速写簿已经画去了一大半。

对蔡兵来说，速写是记录所想所见，锻炼观察能力、审美能力，激发创作灵感的训练方法。而构图如同文章的章法和布局，讲究在变化、层次和节奏中和谐统一，突出主题。一幅好的作品，首先是构图的成功。因此在速写时，他特别注重画面的构图。那时候，他已经知道雕塑家罗丹如何通过几何体速写捕捉运动中的人体，也知道版画家柯勒惠支用比较"拙"的线条提高审美取向，还知道素描大师阿道夫·门采尔通过速写学习画人物和衣褶变化。仿佛无师自通，他从爱好画画那时起，就养了速写的习惯。日后，更是用速写的形式"画日记"。

火车有固定的轨迹和规定的速度，而蔡兵的速写则笔走龙蛇，挥洒自由，线条简洁，构图灵动，没有固定的程式。

如窗外一条水沟，中间有一小土墩，几只鸭子在追逐戏耍。场景一晃而过，他则以夸张的手法，把远处的小树画成大树，把小土墩画成小岛，水沟则成了一条漂浮着一群鸭子的大河的局部。后来他创作了一幅套色木版画《小岛》。

火车从福州到上海有三天两夜的路程，蔡兵有大把的时间用来画画。有一次，火车途经一个小站，因为山路上行，列车必须要换火车头。广播里说要停靠站台15分钟。蔡兵抓紧窗外这一凝固的画面，把山坡、房屋、桥梁、卡车、推小车的人，远处田间耕作的农民，组合成一幅生机勃勃的速写。列车开动后，他去硬座车厢，那些抽烟的、聊天的、看书的、欣赏窗外景色的人，成了他笔下的一组人物速写。

蔡兵的速写可谓"倚马可待"，一本速写簿已差不多画满了。这些以图画形式记录的旅途见闻，成了日后一幅幅生活气息浓郁的《春到山寨》《途中》《乡间》等一系列套色木版画，后来成为报刊上的插图，成为参展版画作品，最后汇编成画册。

旅途是漫长的。蔡兵饥了就啃几块饼干，困了就靠在背包上打个盹。有时候，他会去车厢交接处，用军用茶缸灌开水，然后返回床铺，继续画画。车厢广播不时会播放歌曲，一首"远飞的大雁，请你快快飞"的抒情歌，让他的心儿飞到了母亲身边。

不知不觉，一天过去了。蔡兵把视线投向车厢，行进中的车厢微微晃动，侧身躺在对面上铺看书的姑娘身姿微微起伏，曲线美妙。蔡兵自然不会放过这一现成的"模特儿"，提笔写生。殊不知，姑娘早就注意到这位解放军战士了。她躺着看书，视线却不时从书本一侧，偷偷打量一路上都在画画的年轻军人。现在，她知道他在画她，为此，她一动不动，摆出配合的姿态，当他的"模特儿"。

蔡兵专心致志，不知道有一双异性的眼睛，趁他低头画画时，好奇地打量他。

姑娘20岁出头，看上去文文雅雅。她看着蔡兵画画，有点不好意思，但又很好奇，终于勇敢地问："你画的画，可以给我看看吗？"

蔡兵见姑娘略带羞涩地看着他，忽然感觉脸上微微发烫，说："当然可以。"他站起身，把速写本递给姑娘。回到下铺时，手心已沁出少许的汗。

蔡兵坐回下铺，看见她坐直身子，细细欣赏他的每一幅作品。而在他眼里，这是另一幅画的画面。她看得很专注，看完画自己的那幅画，又往前翻页，欣赏之前的速写。他不敢看她。她是谁？是否也喜欢绘画？她会怎样评价我的画？她年轻漂亮……他心猿意马，不敢再看她。

上铺忽然传来动静。他再次抬眼，原来姑娘正把他的速写本递给对面铺上的同伴。她看着他，真诚地说："真的，你画得很好，很生动。"她说的是带有广东口音的普通话。

他有点惊喜，能够对绘画用"生动"一词加以评价，说明姑娘是懂画的。他说了这个意思。姑娘告诉他，她舅舅也是画家。

蔡兵顿时消除了陌生感，连忙问："你舅舅，叫什么名字？"

姑娘回答："黄新波。"

蔡兵大吃一惊。黄新波可是全国著名的版画家，他在部队搞版画创作时，经常在报刊上看到黄新波的版画作品。黄新波是鲁迅先生倡导的新兴木刻运动的健将，也是中国现代美术史上版画的杰出代表，因此，蔡兵私下里把自己视为黄新波"从未谋面的军人弟子"，创作版画时，他以黄新波为师，把黄新波的艺术精华融于自己的作品中。他想不到在去上海的车厢中，竟然遇到了黄新波的外甥女。命运真是奇妙啊！

他满心欢喜地告诉姑娘："噢，黄新波老师，我非常敬仰他，他是著名的版画家，他的作品很有特色。"

姑娘又惊又喜，想不到会在狭小的车厢遇见舅舅的崇拜者。她从上铺下来，坐在蔡兵对面的铺位，同蔡兵交谈起来。当时的少男少女，最崇敬解放军，何况这个"兵"会绘画。

话匣子打开，姑娘说她姓陈，她和同学结伴去上海"大串联"。

陈姑娘谈吐文雅，又是黄新波的外甥女，他们聊绘画，聊人生，聊社会中的所见所闻。

异样的情愫像微妙的触须，触及蔡兵的心头。不知不觉，他忘记了时间，直至喇叭响起，说即将到达上海北站，才回过神。

三人一起出站，到了车站广场，已是半夜一点多钟。要分手了，蔡兵心里有点失落和惆怅，陈姑娘和她的同学却面露尴尬。他奇怪地问："怎么啦？"陈姑娘说，亲戚住在瑞金路，离这里太远了，又没有公交车。"我们对上海不熟悉，不知道如何借旅馆。"陈姑娘祈求地看着蔡兵。

蔡兵心头一热，说："这里离我家不远，两位同学如果不介意，就到我家暂住一晚，明天我送你们到亲戚家。"

两人欣然应允。一行三人，来到吴江路蔡兵的母亲家里。

母亲早已等得心焦，见儿子带着两个姑娘回来，大吃一惊。待问明缘由，母亲立刻热情接待，让女儿腾出房间，安排她们住下。

第二天一早，母亲给蔡兵和客人准备了早饭。饭后，蔡兵和妹妹陪同她们去亲戚家。到了瑞金路，大家站住。陈姑娘眼睛红了，感谢蔡兵，并让他转达对他母亲的谢意。然后，握手告别。

蔡兵走到拐弯处回望，陈姑娘仍站在原处。他辨不清她的容颜，只看见她的手臂在远处挥动。

回家后，妹妹整理房间时，发现枕头下有陈姑娘留下的钱和全国粮票。母亲感慨地说："真是懂道理的小囡。"母亲把钱和粮票交给女儿，让她去还给陈姑娘。

又一个不眠之夜，蔡兵从床上披衣而起。灯光下，四周很安静。他取出笔纸，画了一幅肖像画。画面上，陈姑娘清纯而美丽，含笑注视着他。

第四章　橙色时期

橙色。

黄色与红色的间色，暖色系中最温暖的色彩。

橙色让人联想到秋天最明艳的阳光。阳光点燃大地万物的激情与欢快，呈现丰收的果实与芬芳。橙色是七色中幸福的颜色——注入乐观、慷慨、香甜、华丽、激奋、野心以及诱惑的诸多元素。

温暖的橙色像漫漫长夜里的一盏希望的灯。

对蔡兵来说，橙色是黄色与红色的过渡色——理想与成功之间的生活底色。

一、拜访知名版画家黄新波

> 画要让人从画里想到画外的东西。画外还有画，画外的东西是读者创造的。这是黄新波告诉我的，我至今还记得。
>
> ——蔡兵

1968年，蔡兵当兵6年，可以复员了。部队领导征求蔡兵的意见，是留在部队继续搞创作，还是复员回上海。蔡兵心想，部队虽然能锻炼人，也能培养军地两用人才，但他不能一辈子留在部队。他从上海入伍，应该回到他熟悉的城市生活。经过慎重考虑，他选择了复员。他依依不舍地告别战友，登上了从福州回上海的列车。

蔡兵回到上海，一心想去同绘画专业有关的单位。但那时"文革"远没结束，除了解放日报、文汇报和上海美术馆外，出版社、剧团、美术家协会等文化单位全被"打倒了"，去"战高温"，去了"五七干校"。

蔡兵的家在靠近南京西路的吴江路上，斜对面是新华电影院。电影院墙上贴着电影海报，他想，哪怕到电影院画海报，也能发挥自己的特长呀。

但他后来分配到机电一局所属的上海轮胎机械厂。厂领导根据他的特长，常安排他在厂部搞宣传。不久，他被借调到上海人民美术出版社，创作连环画《畅通的邮路》《会战一二五》《后勤嫂》。他虽没有画过连环画，但出版社看中他的速写功底。他废寝忘食，经常画到半夜一两点钟才休息。

一天，他终于盼来了陈姑娘的信。信封里除了信，还有几枚毛主席像章。那时，毛主席像章是最时髦的纪念品。陈姑娘的信，字体漂亮，文字也美，他百读不厌。

自从奇遇陈姑娘后，两人之间产生了奇妙的情愫，通信成了他们的交流方式。蔡兵有了新的创作，会在第一时间告诉陈姑娘，有时候还会捎上对黄新波的问候。他翻开以前火车上画的速写，橙色灯光投射在画像上，凸显出五官的立体感，弯月似的眉毛下，眼睛晶亮清澈，像一潭清泉……陈姑娘来信邀请他去广州玩玩，也好拜访她舅舅。"我把你喜欢绘画的情况告诉舅舅了。"陈姑娘在信上说。

蔡兵真是喜出望外，亲聆黄新波的教诲，是他久藏于心的心愿，虽然他与陈姑娘通信很长时间了，但从不敢有此奢望。现在，他这个初出茅庐的绘画爱好者，竟有机会拜访大画家黄新波，这是何等的荣耀，何等的幸运！

几天后，蔡兵携带几幅木刻作品以及上海土特产，出现在广州火车站。陈姑娘在出口处向他招手。他脚下生风，及至走近陈姑娘，脸一红，身体一个停顿，伸手握住了她的手。但他开口说的第一句话却是："现在就去拜访黄老师吗？"陈姑娘见状，点头说："好啊。"

黄新波的家在湖滨公园的别墅里。蔡兵在陈姑娘的引导下，走进客厅。一位长者坐在藤椅里，正是他仰慕已久的著名画家黄新波。黄新波看到蔡兵，露出笑脸，起身走到他面前，热情招呼他入座，并关照外甥女沏茶。蔡兵一时有点手足无措，但望着黄新波慈爱的面容、悠闲的神态，拘束感渐渐消除了。他作了自我介绍，谦恭地呈上新创作的版画，请黄老师指教。黄新波认真端详着画稿，点评点拨，完全没有大画家的架子。最后，黄新波露出赞许的微笑，感叹道："后生可畏啊！"

黄新波很健谈，他说写生和创作有一定的距离，写生是创作的第一阶段，第二阶段是根据写生进行题材的选取。创作应该是主客观相结合，通过主观世界表现对客观世界的认识。因此，写生要根据自己需要的题材景物进行选取记录。黄新波又说，画要使人从画里面想到画外的东西。画外还有画，画外的东西是读者创造的。

谈及当今版画，黄新波说，中国版画在世界上有地位，尤其在反映社会生活方面有很高成就。关于套色，他说，鲁迅讲木刻以黑白为正宗，要从黑白里看到好多颜色。至于套色，有一两种、两三种颜色就差不多了，比如黑白木刻，加一点点红就丰富了。版画套色太多，不如去搞油画。

黄新波侃侃而谈，蔡兵洗耳恭听。名家指点，让他受益匪浅。陈姑娘在一边听得津津有味，不时朝他绽开欣慰的笑容。

黄新波意犹未尽，带蔡兵进入书房。这是一间工作室兼会客室，书橱占了两面墙，书架上密密匝匝全是书。墙上挂有名家书画。黄新波取出四幅自己装裱好的版画作品，赠送给蔡兵。蔡兵喜出望外，擦了一下手，恭恭敬敬接过画作，激动得连连说谢谢。他知道，黄新波的版画在图式、刀法、排线以及象征手法的诗意运用等方面，受美国画家肯特的影响，因此黄新波的作品构思奇特、干净洗练，被公认为最擅长运用黑白对比手法的版画家之一。

蔡兵仔细观摩黄老师的版画，不知不觉时间已悄悄流逝，他依依不舍地与黄新波辞别。黄新波送至门口，握着他的手，勉励他好好努力，让中国的版画事业发扬光大。

　　黄新波的勉励，让蔡兵在版画艺术的投入创作上有了一个新的高度。日后，他果然取得了令人瞩目的成绩。而黄新波赠送的作品，他珍藏至今。

二、恋情的取舍

> 对有志者来说，机遇虽然会擦肩而过，但从来不会放过有准备的人，尤其不会放过勤勉的跋涉者。
>
> ——蔡兵

这段日子，他无暇顾及同陈姑娘的鸿雁传书。

《畅通的邮路》完成后，又接到出版社的任务，开始创作连环画《陶亚子历险记》。一天他休息在家，正专注于连环画创作，画友小宋来看望他了。他因一时放不下手头的活，就让小宋自己倒水喝。小宋见桌上有一封打开的信，看到之后，好奇地问起写信的姑娘。蔡兵坦然地告诉他实情。小宋说："黄新波的外甥女字写得不错，文笔也好，我能同她通信吗？"

蔡兵觉得大家都是搞艺术的，通信交流没什么不可，一口答应。小宋抄下地址后，开始与陈姑娘书信来往，想不到就此同陈姑娘打得火热。陈姑娘同蔡兵之间的信却越来越少。

爱情需要缘分，爱谁或谁爱谁，不能强求。如果陈姑娘爱小宋，他就放弃吧。他还年轻，应该以事业为重。他想起黄新波对他的勉励，很快把全部精力投入连环画创作中。

小宋和蔡兵常在一起，讲起一位中专女同学叫李晶莹，人品不错，读书成绩好，喜欢文学，会唱评弹。

小宋约蔡兵来他家，没想到也约李晶莹来了。蔡兵忽觉眼前一亮。在画家的眼里，李晶莹像典型的上海文艺青年。小宋给他们作了介绍，然后说蔡兵的版画经常在《解放日报》《文汇报》发表。其实小宋之前就告诉她了，说蔡兵是画画的，而且很有成就。蔡兵见她对绘画感兴趣，就说在部队搞版画的故事，说到用子弹壳做刻刀时，她顿时瞪大眼睛，说太不可思议了。他就拿出了那套刻刀，一一介绍不同刻刀的用途。他平时话不多，但现在话特别多，他的与众不同的经历吸引了她，而他在她的赞叹声中，感到遇到了知音。

初识李晶莹，给蔡兵留下难忘的印象。她身材娇小，眉清目秀，举止得体，谈吐文雅。她喜欢读文学作品，尤其是俄国小说。"可惜现在很难看到俄国小说了。"她说。处在当时的环境下，这是敏感话题，但她对他不忌讳，说起托尔斯泰、普希金、屠格涅夫的作品，如数家珍。当然，还有苏联的高尔基、法捷耶夫、奥斯特洛夫斯基。

事后李晶莹告诉他，在中专读书时，小宋曾追求过她，但她觉得他嘴巴甜，而嘴巴甜的人往往靠不住，因此她一直拒绝他。说这些话的时候，两人已经相爱。而小宋见她同蔡兵真的好上了，有点后悔，说仍然想同她"交朋友"。小宋甚至上她家，同她爸爸妈妈套近乎。她怕爸爸妈妈误会，就说了她同蔡兵的事，说蔡兵对绘画的追求，人又实在。她拿出报纸，说这就是他画的画。

爱情在升温。思念的日子，蔡兵就写信。蔡兵的文采远远超过口头表达。那天她收到他的信，情真意切的文字像诗句一样打动了她，她感动得抹眼泪。夜晚，她靠在床上，一遍遍读他的信，文艺细胞又一次催情，打开了她的泪腺。

蔡兵开始上李晶莹的家。有时候，他上门做客，会带上版画工具，在她家创作。她父母喜欢上了这个老实、勤奋且有才华的年轻人。有一次两人约会，蔡兵送了一块手表给李晶莹。这是他从"中央商场"淘到的英纳格旧表，花了几个星期时间，用"绿油"细细打磨，因此英纳格表看上去锃亮发光，像新的一样。李晶莹接过手表，又是惊喜，又是敬佩，蔡兵动手能力强，更难得的是对她这么上心。

春节前，李晶莹的妹妹从黑龙江回上海探亲。妹妹在农场当连指导员，说很需要手表掌握时间，她把手表送给了妹妹。之后蔡兵不声不响，又从"中央商场"淘得一块梅花表，精心打磨后送给了她。

一天，小宋告诉蔡兵，说陈姑娘到上海来了，听说蔡兵有了女朋友，就想见见面。到了周日，蔡兵和李晶莹，小宋和陈姑娘，每人骑一辆自行车，去西郊公园玩。蔡兵明白，这辈子，他情定李晶莹了。

三、恋爱让创作如此美丽

> 生活中到处都有题材，关键要有一双发现的慧眼。而画家要创作独具匠心的作品，离不开自身的艺术修养，对题材的独特处理，以及与此相匹配的技法。
>
> ——蔡兵

蔡兵在创作刻制版画
（36岁）1979年

蔡兵和李晶莹热恋期间，并没有停下画笔。相反，爱情为绘画注入了强大的动力。继《陶亚子历险记》之后，蔡兵不断创作投稿，因而引起《解放日报》美术编辑洪广文的注意。洪编辑开始发表蔡兵的作品，并聘请他做报社的美术通讯员。

蔡兵是快枪手，版面上的插图倚马可待。刻刀在他手上运用自如，忽而刀锋矫健，真正入木三分；忽而刀走轻盈，恰似笔走龙蛇。蔡兵在李晶莹家创作版画用刀，在报社创作则用笔"命题作图"，虽然都要全神贯注，但是感觉不一样，心情更是不一样。在李晶莹家，他恋爱、创作两不误，回到了真正意义上的版画创作。

蔡兵在李晶莹家创作的《永不生锈的螺丝钉》，构思得自一次不期而遇的灵感，而画面呈现的是人与螺丝钉的巧妙组合。他创作时专心致志，不同的刻刀在他手上如同医生的手术刀，娴熟、精确、游刃有余。

毛脚女婿的敬业，赢来李父的赞许。每逢报纸上有蔡兵的画，他都会剪贴收藏。在他眼里，蔡兵有才华、有追求，勤奋刻苦，是个好青年。李母呢，则在灶披间忙进忙出，为毛脚女婿准备爱吃的菜肴。在她看来，蔡兵老实、实在，心地善良，又有事业心，把女儿交给这样的青年，她放心。

蔡兵在李晶莹家享受特殊待遇，而李晶莹去蔡兵家，他更是十有八九都在画画。有时说好一起出去玩的，他总是说"再等一歇"。这"等一歇"，就是一两个小时，有时竟是大半天。蔡兵停不下手中的笔，李晶莹就在一旁看他画画，时间长了，看出了门道，也会点评几句。就这样，一个画，一个评论，成了约会的主要内容。李晶莹虽然也会有失落感，但看他如此执着于绘画，她喜在眼里，一切也就过去了。

李晶莹欣赏蔡兵的绘画天分与刻苦精神，喜欢听他说话时的激情与神采飞扬。她觉得，这样才有艺术家的风度。她在育才中学读书时，功课样样都好，作文还得到过满分，唯独画图成绩差。尽管在厂里搞制图，但此图非那图，现在男朋友会画图，可谓以他之长，补了自己的短。

当创作的作品不断在《解放日报》和《文汇报》上发表时，下班后蔡兵迈着轻快的步子回家，然后双手攀住门框，一口气做了几十个引体向上。母亲见儿子如此高兴，知道准有好事。蔡兵把报纸挡住母亲的眼睛，这个调皮动作，让母亲的心一下子温暖起来。她喜滋滋看着儿子刊登在报上的作品，在他脸上轻轻地弹了一记："儿子，有出息！"

对蔡兵来说，在李晶莹家创作的版画发表，是爱情的见证。不仅如此，《永不生锈的螺丝钉》《同伴》等作品发表，其意义超过了他在部队发表的处女作《海疆战歌》，因为《解放日报》和《文汇报》是全国有影响的大报。

当晚，蔡兵拎着一大兜水果去李晶莹家。同时带去的还有两张报纸。李晶莹眼尖，认出是在她家刻制的版画。她满面春风，朝他深情一瞥，拿了报纸向爸爸妈妈"献宝"。李父目睹了这幅画从木板到作品，现在又发表在报纸上的全过程，不由得赞叹道："交关好啦！"为犒劳蔡兵，全家人到饭店美美地吃了一顿。

爱情如此美丽，大大激发了蔡兵的创作激情。蔡兵深入上海电机厂体验生活，创作了版画《发电机组》。这幅有着浓郁时代特征和个人风格的版画，在《解放日报》《文汇报》和杂志刊发后，引起轰动，不仅被选送参加全国美术展和法国、意大利国际美术展览，而且有6个国家的出版社，以单片的形式出版。

《文汇报》社举办第一期"工农兵美术学习班"，蔡兵和奚阿兴留在报社实习，两个人铆足了劲搞创作。

这段日子，蔡兵忘我工作，激情洋溢地投入创作。那时，经常有人前来文汇报社交流。蔡兵见到了不少全国知名画家，如画国画的刘旦宅、戴敦邦，画连环画的贺友直，画油画的哈琼文，画版画和连环画的顾炳鑫，画漫画的谢春彦，还有部队画版画的郑作良等画家。在同他们的交往中，蔡兵受益匪浅。

一天，报社领导告诉大家，《解放军画报》社美术编辑董辰生要来报社访问。董辰生擅长画部队题材的作品，也有少数民族画和戏曲人物画，蔡兵早在部队时就对他非常钦佩。为一睹画家的风采，他与实习生提前占据报社三楼阳台的制高点，目光聚焦在门前那条窄长的通道。

当董辰生一身戎装出现在蔡兵视线里时，他抑制不住景仰的心情，立即跑下楼迎接。董辰生身为军人，但气质儒雅，陪同他来的年轻人，后来知道是他的学生陈玉先。

董辰生与美术编辑和美术实习生座谈，说美术工作者要有敏锐的时代洞察力，要有独特的审美眼力，要有创新的艺术表现力，这样，作品才能打动读者，震撼人的心灵。董辰生说，画家，要十八般武艺都会，尤其是美术编辑，不同的画种，不同的风格，都要懂。

这样的话，为蔡兵的创作指明了方向。

蔡兵在上海美术馆工作时，瞿谷寒带领南汇县文化馆十多位学员前来学习版画，由蔡兵担任指导老师。蔡兵虽然年纪轻，但学员都戏称他是版画的"祖师爷"。瞿谷寒很崇拜蔡兵，经常向他请教木刻创作。一个"不耻下问"，一个"诲人不倦"，两人相处得非常融洽。学员袁银昌想创作版画《农业机械化》，但第一次用刻刀作画，显得信心不足。蔡兵不仅鼓励他，还给予具体指导，并提供自己的刀具，碰到关键的地方，还亲自示范。当时正值"农业学大寨"，袁银昌的版画《农业机械化》很快入选全国美展，南汇县轰动了。一幅画改变了袁银昌的命运，他先是到戏剧学院美术系深造，后又被招至人民出版社。袁银昌创作渐入佳境，相继拿到全国乃至国际大奖。后来他调入上海人民出版社做编辑工作。

四、在云南当了一回"乞丐"

> 多彩的世界给了我敏锐的艺术感觉,让我产生强烈的艺术冲动,一心想把千变万化的色彩表现在画面上。
>
> ——蔡兵

对蔡兵而言,艺术的源头在生活现场,大自然充满生机的生命力和色彩感,为创作提供了源源不断的灵感。他的众多作品来自他的现场速写,日积月累,他的速写本已经有高高的一大摞了。速写本是他的素材库,而大自然则是他取之不尽的宝库。

因此,蔡兵不贪图上海的安逸生活,总想让自己手中的画笔,再现大自然中鲜活的生命和色彩。

上海人民美术出版社请蔡兵创作连环画《畅通的邮路》时,曾派蔡兵和一位邮电系统的同志去云南采风。在西南边陲,少数民族的风土人情一下子吸引了蔡兵。风光旖旎的远山近水,古老质朴的青石板小路,四根木桩支撑的竹楼,艳丽飘逸的民族服装,少女款款而行的优美步姿……这一切令他目不暇接,大感新奇。他的笔触划过纸面,就像海潮漫过沙滩,留下一幅幅简练而传神的速写。

夜晚,他们外出闲逛。云南的夜色,安逸而神秘。望着苍穹上点点繁星和寨子里朦胧的篝火,旅途的疲劳,已在清风的吹拂下消逝。

第二天早饭后,两人兵分两路,外出写生。蔡兵换了一件旧军装,顺手把皮夹塞入上衣口袋。

他架起画板,开始写生。纸与笔的摩擦,倾诉的是对美丽村寨的激情。旁边围着当地人和游客,他们好奇地看着画家用简单的线条,勾勒出眼前的景色——山峦、树林、竹楼、人物融为一体。有人开始往前挤,几乎挨着他的身体。他调整了一下姿势,心无旁骛,继续画画。

蔡兵画完一组画,长长呼一口气,才发觉已过了午时。他收拾好速写本和画板,准备犒劳一下自己的肚子,但他摸摸身上的口袋,才发现皮夹子不见了。

他顿时懵了,皮夹里面,可是他出门在外的大部分盘缠啊。

他举头四顾,人群已经散尽。难道刚才围观的人中,有人浑水摸鱼?他第一反应就是跑到交通岗亭,向警察报案。他告诉警察,皮夹里有钱和全国粮票。谁知警察见怪不怪地说,我们这里小偷多哎。

他不由得为一日三餐发愁,这可是他的"头等大事"啊。幸好,还有将近一半的钱没有放入皮夹,但全国粮票,不要说一斤,连半两都没有了。在凭票供应的年代,没有粮票,就意味着买不到面食米饭。而邮电系统的同志自顾不暇,没有多余的粮票。

他身上的钱,够他打道回府。但他是出版社派来写生的,再难,也不能让计划中的创作付诸东流。

为此,蔡兵平生第一次当了一回"乞丐"。他满脸羞涩地对过路人说:"求你一件事,我的钱包被人偷了,请给点粮票吧……"

也许他的声音太低,没有引起反应。他想,讨粮票又不是坍台的事,就壮了胆,高声说:"我是上海的画家,到这里来体验生活,现在钱包被人偷了,哪位帮帮忙,给我一点粮票……"

这一喊,收到效果,有人见他穿着旧军装,背着画板,一脸真诚的样子,动了恻隐之心。

云南小景（套色木版画） 蔡兵1980年作

到了下午，蔡兵"讨"到七八两粮票。虽然杯水车薪，但一天的伙食够了。他跑到小吃店，买了一碗过桥米线，狼吞虎咽滑进肚子，抹一抹嘴唇，觉得这真是天下的美味。

继续画画。

第二天，他发现这里有一家上海饭店，心中一喜。他满以为他乡遇故知，能够借到粮票，让他在云南可多待些日子。但饭店方面表示爱莫能助，因为粮食是计划供应的。

实在没有办法，蔡兵找到省革会，想碰碰运气。他找到负责人，说了自己的事。

负责人虽然态度客气，但警惕性高，问了他在上海的情况后，让他第二天再来。他心里打起了鼓：恐怕是推诿吧？

第二天，蔡兵抱着试试看的心情，再次踏进省革委会大门。出乎他的意料，他受到了热情接待。负责人答应借粮票给他，只是要出具借条。他喜出望外，又有点不相信，他们怎么会如此爽快借粮票给他？负责人领他去了财务室，他写了平生第一张借条。

蔡兵捏着一张5市斤的粮票，连声道谢，激动得差点落泪。

尽管有了粮票，蔡兵还是缩短了在云南写生的日子，同时放弃了去桂林、阳朔的机会，匆匆返沪。

蔡兵不知道，他在云南失窃借粮票的事，早已传到了上海人民美术出版社。他刚回到社里，就被人围住，大家拿他的"窘事"调侃了一番。蔡兵这才恍然大悟，原来云南省革会曾经打长途电话到出版社，证实确有蔡兵这个画家在云南采风，才放心借给他粮票。

调侃归调侃，蔡兵回到上海，马上把5斤全国粮票寄给了云南省革会，然后一头扎进创作中。他除了完成连环画《畅通的邮路》任务外，又创作了套色木版画《云南小景》。这是他根据速写创作的。他的速写有独创性，即采用多视角，把各个景点组合成多立面环型画卷。《云南小景》使用红、黄、蓝、黑四块不同版面套印而成。画面上，流光溢彩的河流，满载红男绿女的小舟，河边的石阶通向村寨，错落有致的竹楼沐浴在晚霞中，背后是高高的椰树以及远处的山岭。通过套色时重叠压色，产生了奇妙变色，使画面色彩丰富，生活气息浓郁，充满南国边寨特有的风光。

《云南小景》取得了巨大成功，先后入选中国版画家新作选等多种画集，并在意、法、俄、美、新、日等国展出。在法国艺术沙龙展出后，被法国艺术馆收藏。

蔡兵在云南当了一回"乞丐"，做了一回艺术"富翁"。

五、遇见了，就不会错过

> 我对绘画艺术如此热爱，以致只要扑在画稿上，内心就会激情奔放，灵感就会自然涌现，画笔也就停不下来……
>
> ——蔡兵

从云南回来不久，蔡兵借调在上海美术馆工作。对蔡兵来说，上海美术馆简直就是绘画的艺术殿堂。这段时期，蔡兵的创作进入丰收期，同李晶莹的爱情也进入了甜蜜期。

一日，他们约了小宋和李晶莹的小姐妹小徐结伴出游。说好蔡兵和小宋一起出发，李晶莹和小徐结伴同行，四人在老北站碰头，然后一起乘9点05分的火车到嘉定南翔。

出游那天，蔡兵一切准备就绪，见时间还早，就铺纸弄笔，开始画画。小宋来了，见平时不修边幅的蔡兵正换衣梳头，啧啧称奇，说爱情改变了画家。两人赶快乘公交车去火车站。哪承想，他们刚踏上月台，正好看见火车驶出站台。蔡兵一看手表，晚了一分钟。

他们顿时傻眼了，尤其是小宋，眼看火车越来越远，急得连声说怎么办。蔡兵想想也对，不知道下一班火车什么时候发出，只怕小李她们在南翔等急了会走人。蔡兵这些年走南闯北见识多了，很快冷静下来，说可以改乘长途汽车。两人火速去火车站后面的长途汽车站，买票上车赶往南翔！

汽车比不上火车，慢且不说，一路上开开停停，急得蔡兵心急如焚。好不容易大家一起出去玩，竟因为他磨蹭误了火车。让女同胞等男同胞，这在上海人眼里，太"喇叭腔"了。他对小宋说，如果在南翔见到她们，一定要诚恳道歉。

汽车终于到达南翔站，两人赶快去火车站找人，却扑了个空。蔡兵心凉了半截，难道她们真的返回市区了？但他仍然抱着一丝希望，出了火车站，同小宋一路寻找，时间分分秒秒流逝，仍不见她们的人影。焦急中，蔡兵眼尖，突然看见两个熟悉的身影远远走来。他心里一喜，快步向前，果然是李晶莹和小徐。她们神奇出现，令蔡兵大喜过望。他一把握住李晶莹的手，仿佛再也不愿松开。

李晶莹柔软的小手被蔡兵结实的大手握住，脸色绯红，要不是碍着旁边有同伴，她愿意一直让他握着手。她轻轻抽回手。蔡兵正欲道歉，不料，她抢先说："火车脱班了。"

"怎么回事？"小宋感到奇怪。

李晶莹说，她们也耽搁了时间，没有赶上火车。她当机立断，与小徐改乘长途汽车。双方交流情况，从时间上推算，她们乘的应该是后一辆车。这样谁也不欠谁的，大家哈哈大笑，说世界上还有这么巧的事。

蔡兵开心得像个孩子，心想，虽然大家先后误点，但他和李晶莹心有灵犀，不约而同地想到了改乘长途汽车。他们是有缘分的，冥冥之中，命运把李晶莹送到了他身边，让他们遇见了，就不会错过。

南翔古镇。双塔、古猗园、老街，江南小镇，水清天蓝，留下了青春的欢声笑语，以及对未来生活的无限憧憬。

热恋期间，两人开始了近在咫尺的通信。比起口头语言，落在信笺上的文字不会消失。蔡兵的信，文字富有感情色彩，句句打动李晶莹的心。有一封信，洋洋洒洒像一篇抒情散文，让李晶莹感动得泪流满面。

庭院（现代中国画） 蔡兵2011年作

夜晚，她坐在床上，忍不住又抽出那封信，情深意切的文字再次让她掉泪。她有文学才情，回复的文字委婉动人，让蔡兵为之陶醉。

爱情"两地书"，让同一座城市的画家与文艺青年，抒发热恋中的浪漫情愫。

蔡兵经常去报社，很容易得到内部戏票和电影票。这样，他和李晶莹就多了约会场合，两人一起看戏，看电影。他们情趣相投，感情也越来越深。终于到了谈婚论嫁的时候。

因为要结婚，厂里给蔡兵分了房子。房子在昭通路，而且只有一间小屋，但蔡兵已经很满意了，因为这是属于自己的婚房。他是搞美术的，动手能力又强，简单装修后，借了一辆俗称"小乌龟"的车子，搬来家具，把婚房布置得温馨而别具艺术氛围。

1972年正月初六，蔡兵和李晶莹喜结良缘。

蔡兵在新家摆了三桌酒席，请了双方家人和亲戚喝喜酒。蔡兵母亲和妹妹参加了他们的婚礼。

喝过喜酒，就算正式成亲了。

洞房花烛夜，蔡兵对李晶莹调侃："曲折的爱情真有趣。一个最不喜欢画画的女孩，偏偏喜欢上热爱画画的我。我不喜欢宁波人，偏偏讨了个宁波老婆。"

六、女儿诞生记

1973年，我的《会战》《喜看操作革新手》等版画作品屡屡获奖，但对我来说，最好的作品是女儿诞生。

——蔡兵

蔡兵夫妇和女儿蔡文
1973年摄

婚后半年，蔡兵正式调到上海美术馆工作。不久，蔡兵编入组建的上海市美术创作办公室。这时，李晶莹怀孕了。得知自己即将要当爸爸了，蔡兵喜悦之情溢于言表，他告诉同事，说这比获得任何大奖都开心百倍。同事们纷纷向他道喜。有人问他，喜欢男孩还是女孩？他脱口道："喜欢女孩。"

这段日子，蔡兵沉浸在对未来孩子的憧憬中。为此，他早早地买好了玩具。他还为未出世的孩子起名"蔡文"。"文"相对于"兵",既文气,又文雅。更重要的是,男孩女孩都适用。

李晶莹自小体质羸弱,心脏不太好,早年还患过肺炎,留有后遗症。怀孕后,她每天要从昭通路乘车到江宁路新闸路交界的上海减压器厂上班,车挤,路上还要颠簸,十分辛苦。眼看着肚子一天天大起来,她感到了胎儿对心脏的压迫。蔡兵陪妻子去医院检查,听说这样会造成缺氧、缺血,引起"肺膨胀",如果上下班再去挤公交车,情形会更加危险。因此,蔡兵让妻子请长假在家休养。临产前一个月,蔡兵为保险起见,又让妻子提前住进仁济医院。医生检查时,发现孕妇除了心脏有问题,肺的上部也有萎缩。李晶莹一听就紧张了。医生安慰她说:"请放心,到时候我们会帮你做剖腹产手术。"

李晶莹虽然担心自己的身体,但知道做剖腹产,孩子不如顺产有抵抗力,因此她坚决要求自己生产。医生见她态度坚决,就让蔡兵签字。蔡兵不解。医生问:"如果发生意外,保大人还是保小孩?"这次他听明白了,毫不犹豫地说:"保大人!"

虽然这样说,蔡兵还是想有个万全之策。为此,他暂时放下画笔,找来有关方面的书,到医院与妻子一起研读。仁济医院就在昭通路旁边,只要有空,他就赶到医院,陪她散步、走楼梯,以增加她的体力。他根据医生的建议,想方设法买来各种营养品,让妻子补身子。

6月14日,李晶莹住进待产房。待产房已有好几个待产妇,时不时痛得大哭大叫。李晶莹虽然也很痛,而且腰酸得好像要断掉一样,但她硬挺着不吭声。平时看似柔弱的她,此时却特别坚强。她需要积蓄体力。

李晶莹在医院待产，蔡兵在家早早煮了桂圆汤，灌入热水瓶后匆匆赶到医院。在待产室，为了转移她的紧张情绪，他一边喂她吃桂圆汤，一边说些轻松的话题。等她睡着了，就回家做饭，热菜热饭的送到妻子床边。到了晚上，有孕妇见他忙前忙后累了一天，就劝他回家休息，说有事医生会通知他的。他想自己的家离医院仅一箭之遥，就放心回家。

谁知到了半夜，李晶莹痛得实在受不了，医生赶来后不久，6月15日凌晨两点，她终于顺利产下一女婴。孩子呱呱落地，发出响亮的啼哭声。她顿感松了一口气，身上原有的病也似乎减轻了大半。

第二天早上，蔡兵提着营养餐来到医院，护士笑吟吟告诉他，他妻子已顺利生产。他惊问之下，得知妻子产下3.1公斤的健康女婴。他喜出望外，母女平安，悬在他心头最大的石头顿时落地。与此同时，一阵酸楚涌上心头。他深感内疚，在妻子最需要他的时候，他却没有出现在她身边。

他来到妻子的床边，妻子微笑着看着他，一脸幸福的样子。他握住妻子的手，心中的感激之情一时难以言表。为了女儿能顺产，妻子冒了极大的风险，并为此吃了很多苦。他坐在她身边，爱怜地擦拭她额头的虚汗，满腹的话语，不知如何说。千言万语，他只轻轻说了两个字："谢谢。"

他去看女儿。他的孩子，裹在红缎子蜡烛包里的蔡文，眼睛微闭，呼吸平稳，脸蛋呈粉红色，细长的眉毛像两道优美的弧线。忽然，蔡文嘟了一下小嘴，仿佛急于想吮吸母亲的乳汁。蔡兵的心，霎时溢满了无限的喜悦和感动。生命的诞生如此神圣，这是他和妻子生命的延续，也是他们未来的希望所在。他忍不住噘起嘴唇，轻轻触碰女儿的脸颊，表达对女儿的爱意与祝福。

女儿蔡文，果然很文气，很文雅。

李晶莹休完 56 天产假就上班了。厂里有哺婴室，每天，蔡兵送母女俩到车站，把小蔡文递给妻子，把她们送上公交车。因为身体原因，医生不太主张李晶莹喂奶。但她为了女儿，坚持母乳喂养。

蔡文 10 个月后，才断了母乳。

蔡文渐渐大了，白天托给邻居照顾，晚上再跟父母回家。一次，孩子突然感冒，赶快送医院，一检查是肺炎。看着孩子脑门上吊着针，做父母的心痛得不得了，两人同时陪夜，仿佛在女儿身边，女儿的病就好得快。

但这段时间，他承担的绘画任务越来越多，忙得很少有时间带女儿出去玩，但这丝毫未减他对女儿的疼爱。邻居说，蔡老师对女儿可真是爱护有加。

蔡兵重视孩子的早期教育。他想让蔡文学画画，因此创作时，让女儿在一边看着，认线条，辨颜色，包括构图。女儿 4 岁的时候，他开始教她画画。

蔡文从小受父亲的美术熏陶，日后果然成为一位优秀的画家和美术老师。

第五章　红色时期（上）

中国现代史是一部红色的历史，承载了国人铭刻在血液里的红色记忆。

从嘉兴南湖的红色航船，到井冈山的星星之火，从延安窑洞不熄的灯光，到共和国升起的红色旗帜，血与火染红的峥嵘岁月，改革开放后红火的日子，无不显示出红色特有的理想与牺牲，创造与奉献，吉祥与庆典。

红色，以630至750纳米的波长，通过能量激发可见光谱中长波末端的颜色。这样的颜色，只能属于中国。

红色，是世界的"中国色"。

蔡兵适逢其时，红色，是他绘画生涯的主色调。

一、"会战"打响了

> 我的绘画作品，是用生命的激情与对艺术的热爱，去把握时代的脉搏、艺术的旋律和绘画语言的。我通过绘画表达对祖国的情感，对世界的挚爱。
>
> ——蔡兵

多年之后，蔡兵在《蔡兵画册》中的文字部分，列出了艺术大事年表。列为年表榜首的，是1972年的套色木版画《会战》。

对蔡兵的绘画生涯而言，《会战》具有历史意义。

1972年，美国总统尼克松访华，开启了中美关系"破冰之旅"。上海美术馆接到中央和上海外事办的任务，尼克松行程中将访问上海。上海锦江饭店、衡山宾馆、国际饭店、和平饭店、上海大厦等十大宾馆接到任务，总统卧房和休息室，要布置体现上海风貌的装饰画。这项政治任务，很快落实到蔡兵等画家的身上。

蔡兵奉命前往电机厂体验生活。他事先得知，我国第一台12.5万千瓦双水内冷发电机组诞生，这是我国自行设计、制造，并采用了我国首创的"双水内冷"这一世界最新技术。这一成果，标志着我国电机制造工业跃入新的发展阶段。他来到车间，立刻被热火朝天的会战场面所震撼，脑子里跳出的第一个题目就是"会战"。在车间蹲点的日子里，他同技术员和工人打成一片，从不同的角度画下了一幅幅速写。

完成体验任务后，他开始酝酿版画《会战》。然而，要在有限的画面上全景式反映会战的场面，一般的构图难以胜任。他苦苦思索，草稿

会战（套色木版画） 蔡兵1971年作

画了一幅又一幅，但是都不太满意。夜深人静，他重新阅读一幅幅速写，灵感突如其来——他何不采用散点式透视的方法创作？他顿时激情澎湃，采用电影摇镜头式技法，仰面焦点透视，多视角的创新构图。画稿几经改动，终于定稿。然后，他开始动刀。

这次，他采用了套色木版画。

多少个不眠之夜后，套色木版画《会战》大功告成。画面上重现了热火朝天的会战场面：高大宽敞的厂房下，"独立自主 自力更生"的红色标语，突出了时代精神；指挥人员高举小红旗，指挥起吊机配合工人，有条不紊地安装印有"上海电机厂制"的发电机；所有的安装人员都全神贯注投入"会战"，他们身形各异，或站、或蹲、或半跪、或倾斜、或匍匐；远处的工人挥舞红旗，欢声雷动隐约可闻……整幅作品呈多视角结构，色彩明亮，画面生动，气势磅礴，艺术地再现了中国电机制造工业跃上发展新阶段的历史时刻。

《会战》布置在尼克松访问上海时下榻的宾馆。之后，《会战》从参加上海美术馆征稿开始，入选全国美术作品展览、入选上海人民出版社的《绘画透视知识》一书，并列入上海市中小学美术课本《欣赏画》；印制成单片，在全国新华书店发行。荣誉接踵而来，《会战》又远赴意大利、法国展览，被16个国家的展览会收藏展出，并被16个中国驻外使馆选为装饰布置画。《会战》与他后来创作的木刻《喜看操作革新手》，一同入选《上海市美术作品选》，被中国美术馆收藏。

《会战》的巨大成功，迎来了蔡兵个人绘画史的又一次创作的井喷期。

1974年至1975年，蔡兵的创作果实累累。反映外滩民兵生活的《常备不懈》套色木版画，入选全国美术作品选，刊登于《世界画家看上海》图册，并制成明信片发行，后又赴加拿大、意大利展览。连环画《畅通的邮路》《试航》顺利出版。油画《光辉的道路　灿烂的前程》、木版画《喜看操作革新手》《机械手》和《加油》入选全国美术作品展。其中，《光辉的道路　灿烂的前程》《常备不懈》被国务院文化组编入画册。

这一期间，蔡兵醉心于镌刻版画，以致手指老茧一次次磨破，出血，再结茧。每次结茧，换来的都是新的手感，这是对用刀分寸的微妙把握。线条、块面，深浅不一，但他用刀越来越得心应手。

1975年，蔡兵接到出版社新任务，同施大畏奔赴金山石化总厂建设工地深入生活，创作反映这一我国最大引进项目的题材。这个项目牵引了新闻界和文化单位的目光。蔡兵他们来到建设工地所在的金山卫，这里原是一片海滩，有"潮来一片汪洋，潮退满地泥浆"之说。此时，石化厂建设刚刚启动，处于大会战前期，一边在围海造田，一边车轮滚滚，运输各种设备。

这与蔡兵想象中的情景完全不同。在他的想象中，应该是建厂房、竖烟囱、安装设备的会战景象。因此，当他面对几乎是光秃秃的工地时，心里直打鼓——该如何创作反映金山石化总厂大会战的作品？

他和施大畏两人走遍工地，找不到可以安身的住处。最后，还是在工地负责人的帮助下，住进了泥巴尚未干透的"村舍"。所谓村舍，一看就知道是猪圈改建的。条件虽然艰苦，但丝毫影响不了他们的创作激情。

他们深入工地，收集创作素材，捕捉建设者艰苦创业的身影。在别人眼里只有沙石和芦苇的金山海滩，在蔡兵的速写本里，却充满蓬勃的生机。两个月来，他画了大量的速写，创作了《围海夺地》《国产常压设备》《安装人攀高峰》《陈山码头》《工地运输兵》等一批版画作品。

艺术创作，必须源于生活，高于生活。这是蔡兵在金山工地一大收获，也是触发艺术灵感的又一次飞跃。

上海人民美术出版社《美术丛刊》编辑任满鑫眼光独到，对蔡兵的创作成绩大加赞赏，也为发现这样一个充满艺术灵感、勤奋创作的美术人才而深感欣慰。

不久，《文汇报》记者秋心撰写的专访《他的成功在于勤》，刊登在"社会大学"版面第187期，同时还配上蔡兵的版画《迎着朝阳》。秋心写道："以多产而著称的青年版画家蔡兵，他的作品，曾在日本、法国、意大利、朝鲜等十多个国家展出，那时他在国内外四十多家杂志发表的作品有三百余幅（件）。有人惊讶地问他：年纪轻轻，怎么会取得那么多的收获?蔡兵朴实地回答：'我只不过是把时间花在多画、多看、多听、多研究上面。'"

"四多"，正是蔡兵创作"那么多收获"的诀窍。

二、震惊世界的 1976 年

> 艺术家既肩负传承与发展的使命，又担当用作品记录时代变迁的责任。这样，在历史长河的文脉中，才能留下自己的东西。
> ——蔡兵

1976 年，蔡兵因位于昭通路的房子要翻修，临时搬到了南京路大光明电影院隔壁的住所。虽然换了一个环境，但生活仍在继续。早晨，他先去底楼的点心店买早点，等李晶莹上班、文文送托儿所后，他就开始绘画。为了节省时间，午餐时，他两只面包一杯水，或者去楼下吃一碗鸡汤粥。只有晚上妻子下班回家，才算吃到一顿正式的晚饭。

这一年，中国发生了太多震惊中外的重大事件。周恩来、朱德、毛泽东相继逝世，其间还发生了唐山大地震。接二连三的灾难，让蔡兵内心感到悲痛更感到担忧，虽然他不知道中国的明天会怎样，但他没有放下手中的画笔。

一天清晨，蔡兵听见外面有动静，打开窗，不由得吃了一惊。南京路对面的两棵行道树之间，横挂着一条白底黑字的巨幅标语，上面写着"打倒王张江姚反革命集团"，"王张江姚"四字还打上了粗重的红色大叉。

虽然各种各样的"小道消息"时有耳闻，但蔡兵还是很震惊。私底下的街谈巷议被证实了，蔡兵隐隐有些兴奋。但他还不能确定，真相真假难辨。他早早送走妻子和孩子后，顾不上吃早饭，急匆匆赶到"美办"打听消息。蔡兵那时已调到"美办"工作，美术家协会被砸烂，上海只有美术创作办公室，简称"美办"。大家聚在"美办"，小声议论，脸上却露出掩饰不住的兴奋。

不久，传达了正式文件，"四人帮"真的被抓了。

"美办"由上海的著名画家沈柔坚、吕蒙、蔡振华、黄可、王益生、梁洪涛、胡振郎、蔡兵等10余人组建。蔡兵虽然是小字辈，但已在画坛崭露头角。他们在美术领域各有千秋，除了画油画、国画的，还有画版画的、画连环画的，以及插图的。可以说，这里是上海画界的大本营。

在社会各界欢呼"打倒四人帮"的形势下，"美办"安排人员值班，时刻保持同各方面的联系。

这天，轮到蔡兵值班。忽然，电话铃响，蔡兵立即拿起话筒。

话筒里传来一个男子沉稳的声音："喂，是上海市美术创作办公室吗？我是《人民日报》美术版的编辑。我找蔡兵同志……"声音继续传来，"上海有位蔡兵同志，他在报刊上经常发表速写，这次有一重要政治任务。"

《人民日报》找他？蔡兵一时有点晕眩，"我就是蔡兵。"对方说："是这样的，中央决定，明天要进行全国性的'粉碎四人帮'大游行。上海同时也要举行，希望你画一幅反映上海人民粉碎'四人帮'上海大游行的场面速写，人民日报要整版画刊刊用，时间紧急，明天画好后，立即送延安西路民航售票处，通过民航班机当天带到北京……"

蔡兵明白工作责任重大，立刻做起准备选择地点、画面大小、速写工具等，然后揣着"美办"工作证和介绍信来到上海大厦，说明缘由后，登上了楼顶。他站在当年周恩来、尼克松中美两位领导人曾经站立的同一地点，俯瞰上海外滩。

他打开速写本，视野中的万国建筑、浦江上的轮船、拱形的外白渡桥、尖顶的和平饭店，尽收笔底。这是蔡兵的聪明之处，先画外滩建筑，明天再画游行队伍，这样就节省了时间。

第二天，蔡兵再次登上上海大厦楼顶。金秋十月，十里外滩，长长的游行队伍如黄浦江浪潮涌动。横幅、旗帜，锣鼓、鞭炮，蔡兵虽然看不清游行者的面孔，但真切感受到了人心所向的喜悦心情，而此起彼伏的拳头与口号，让他触摸到城市的心跳与节拍。这正是他需要的创作激情，他笔下生辉，静止的建筑之间，是涌动的人流，一动一静，如奇妙的电影蒙太奇，让画面"活"了起来——就像他俯视下的景象。

蔡兵赶回"美办"，在速写画上稍作艺术加工，完成了上海游行画稿。题完画名和落款后，他如释重负。

下午，蔡兵匆匆赶到延安西路，将写有"人民日报美术组收"的大信封，交给了民航管理处。他郑重关照，这是《人民日报》要刊登的画稿，务必尽快送到北京。

10月30日，《人民日报》头版刊登了两幅速写画，一幅是上海画家蔡兵画上海外滩游行的《红旗映浦江，喜讯传四方》，另外一幅是著名画家邵宇画的天安门广场游行盛况。

蔡兵仿佛又回到了当时的情景，他站在城市的高处，目睹一段历史的结束与新时期的开始。1976年，在他的艺术生涯中，具有不平凡的意义。他思潮起伏，眼前一片光明——笼罩在他心头多年的历史阴影，彻底烟消雾散。

浦江在沸腾（速写） 蔡兵1976年作

三、蔡兵与内山嘉吉的版画情

> 在继承与发扬的艺术领域，既要有超常的创新思维，海纳百川的宽广胸襟，更要有敢为天下先的探索胆识。而推陈出新，标新立异，会带来艺术的生机，闯出一片新天地。
>
> ——蔡兵

1977年，蔡兵随吕蒙、杨可扬、邵克萍等版画家，前往上海锦江饭店会见内山嘉吉时，没有意识到，他与内山嘉吉将完成中国版画史上一个完美的结局。对年轻的蔡兵来说，这首先是他个人创作里程碑式的开始。而对内山嘉吉来说，一生中最引以为荣的是同鲁迅的一段往事。这在他与奈良和夫合著的《鲁迅与木刻》一书中有生动的记载。

1931年夏季，胞兄内山完造请内山嘉吉来上海度暑假。内山完造在上海山阴路开内山书店时，结识了鲁迅，并成为朋友。鲁迅得知内山嘉吉在东京成城学园小学部教美术，喜欢搜集学生木刻作品，便邀请他给艺术青年讲授木刻技术。其时鲁迅正大力提倡版画，使版画成为与国画、油画和雕塑比肩的四大画种之一。

1931年8月17日至22日，鲁迅在北四川路一幢三层楼房的顶层房间，举办了中国第一个现代木刻技法培训班——"木刻讲习会"。内山嘉吉为13位木刻青年讲授木刻的各种技法，包括起稿、用刀、刻法、拓印、套版等基本知识。鲁迅亲自为内山嘉吉担任翻译，并把自己收藏的外国版画作品供学员观摩欣赏。内山嘉吉在回忆文章里写道："讲习会第四天的下午，鲁迅先生来到家兄的书店，给我送来非常珍贵的礼

鲁迅和内山嘉吉与上海木刻讲习班学生合影 1931年

物——德国著名版画家凯绥·珂勒惠支的版画。一幅铜版画和六幅一套的石版画《织匠》(织工起义)，这是每一幅上都有珂勒惠支铅笔签名的难得的佳品。可能是鲁迅先生亲自加上衬纸，并在另纸上加上画题，还在上面签上鲁迅的名字和赠予我的姓名。这一定是鲁迅先生非常珍爱的收藏品，当时在日本恐怕也没有第二份。欣喜之余，不禁又感到慌悚。"

那时的中国，版画创作意味着左翼，意味着为救亡宣传。不少优秀的左翼青年版画家，从上海到延安，到重庆，以木刻刀为武器，创作了大量具有强烈感染力和生命力的作品。这些作品，从对底层的同情，到民族救亡，以致后来的全民抗战的宣传，在大众美术宣传上起到了不可替代的历史作用。

参加听讲的 13 人，大多为美术学校的学生或青年工人。其中有周熙（即江丰，抗战期间远赴延安，解放后曾任中央美术学院院长、中国美术家协会主席）、郑野夫、陈铁耕、顾洪干、李岫石、黄山定等 13 人，以及上海美专学生钟步清、邓启凡，上海艺专学生乐以钧等人。

讲习班结束，8 位学员将 14 幅习作拓印后呈送内山嘉吉留作纪念。讲习会结束那天，即 8 月 22 日上午，鲁迅和内山嘉吉与 13 位学员的合影留念照片，成为中国木刻史上珍贵的历史档案。而讲习会被誉为中国现代新兴木刻运动的重要标志之一，中国现代版画，是从这时候开始的。

往事不可忘。46 年之后，内山嘉吉再次来到上海。在锦江饭店，他约见了在上海的中国版画家，其中小字辈的版画家蔡兵才 34 岁。

对蔡兵来说，这次会见意义非凡。

在锦江饭店，中日友好协会友人、上海画家、《人民中国》杂志记者等与内山嘉吉谈笑风生。内山先生回忆往事，十分感慨。他说，希望日中友好不能断，希望中国的版画到日本去展出。

关于这次会见，《人民中国》杂志有报道，其中提到，内山嘉吉对蔡兵语重心长地说："我们这批画家都已经老了，希望有你这样年轻的画家来接我们的班。"

内山嘉吉送给蔡兵木刻工具印擦子和三把木刻刀。蔡兵对鲁迅和内山兄弟二人的故事早已耳熟能详，而内山嘉吉对他的期望，他深感重任在肩。

让蔡兵意外的是，内山嘉吉回国后，寄来了自己编著的大型画册《中国木版画展》。内山先生在扉页上亲笔题词："蔡兵先生纪念　内山

内山嘉吉在所编著的版画册扉页为蔡兵题字 1977年

嘉吉一九七七年夏。"蔡兵打开画册，鲁迅先生和内山嘉吉与13位学员合影的珍贵照片，赫然在册。内山先生在画册里回忆与鲁迅的交往，怀念在上海的日子。每年内山嘉吉和蔡兵互赠贺年片加深友谊，对蔡兵在创作上是一个极大的鼓舞。

内山嘉吉为发展中国新兴版画，为中日两国版画艺术交流做出了重要贡献，蔡兵对他充满敬意。他受到内山先生的鼓励，找了一名助手，在家里搞木刻和印刷，10幅作品一套，印200套。家里到处都是印刷后的版画，墨色未干的版画不能相叠，他就做了两个架子，架子之间拉上铁丝，把一张张版画竖着夹在铁丝上。蔡兵刻刀在手，创作了大量的版画，作品频频见报。他撰写的《版画与木刻》一文，发表在1978年5月21日的《解放日报》上，文章对凸版、凹版、平版、孔版、特种版等世界 5 大类版画创作作了详细介绍。1978 年，蔡兵创作的《雪天》《女孩》《月归》《光影》版画，被内山嘉吉收藏，为中日文化交流打开了"日本展"之门。

1979 年，蔡兵作为画家，随上海市政府组织的城市代表团，赴日本大阪交流访问。交流期间，他应邀在大阪举办了个人画展。内山嘉吉事后得知，非常高兴，他想不到年轻的版画家蔡兵，这么快就前来日本办画展。

这是蔡兵首次在日本举办个人展。他的绘画作品一经展出，立刻引起日本观众的关注。尤其是他的版画，既有中国元素，又有鲜明的个人风格，被日方称为"来日（本）中国版画第一人"。日本的电台、电视台和报刊等多家媒体纷纷予以报道。其中《每日新闻》以整幅版面，刊登了蔡兵的作品和介绍文章。

画展期间，蔡兵应主办方邀请，在现场作画。蔡兵铺纸泼墨，他画的是中国画，但又不是传统的中国画。此时的蔡兵，中国画已初具现代

内山嘉吉夫妇寄给蔡兵的贺年片

的抽象意味。他沉浸在艺术之境，忘了这是在异国他乡。他在观众的围观中，感受到日本人对绘画艺术的喜爱。令他想不到的是，会有人买他现场作的画。

此后，蔡兵又应邀去日本，在《每日新闻》《读卖新闻》《朝日新闻》等三大文化中心参展并授课。在日本人眼里，那里是壁垒森严的艺术殿堂。蔡兵所到之处，将版画印刷品分发给中心负责人和教授作交流。蔡兵版画的大胆探索、别具一格的艺术质地，让日本艺术家津津乐道。他受名古屋艺术大学之聘，担任客座教授，教授中国绘画和版画艺术。不少成年人慕名前来，参加他的教学课程班。

蔡兵设计课程时，想起内山嘉吉寄给他的贺年卡上，有亲笔绘制的版画。他受此启发，在课堂上指导学生在明信片上使用中国绘画的多种表现方法。亲手绘制的明信片在日本是人际交往中表达内心情感的工具，生日、满月、开学、喜庆，都可以寄明信片，因此特别受学生欢迎。这也是蔡兵别具一格的授课方法。

对此，蔡兵十分感谢内山嘉吉先生，正是由于先生的勉励与帮助，让他的版画走出了国门。

四、红色云岭之行

> 每个人都有机遇。在机会来临之前，一要做好准备，二要创造条件，三要把握机会。否则，再有才华的人，也会被埋没。
>
> ——蔡兵

1978年10月22日，上海美协领导吕蒙、上海画院油雕室负责人肖峰（后任浙江美术学院院长）和美协专职干部蔡兵三人应安徽美协邀请，走访新四军故地。

吕蒙和肖峰曾是叶挺将军的部下，在新四军军部从事抗战宣传工作。因此，他们此行有缅怀叶挺、故地重游之意。

云岭位于皖南泾县西北处，三面环山，一面依水。1938年，叶挺将军曾赋诗："云中美人雾里山，立马悬崖君试看。千里江淮任驰骋，飞渡大江换人间。"

泾县是红色土地，当年，新四军在云岭从2万人发展到9万多人，因此云岭被称为"新四军的摇篮"。周恩来、陈毅、叶挺、项英、曾山等曾在这里指挥新四军驰骋疆场，抗日救国。泾县茂林是震惊中外的"皖南事变"发生地，周恩来曾痛心疾首，写下"千古奇冤，江南一叶；同室操戈，相煎何急！"一诗。

吕蒙在新四军先后任文艺科长、新四军抗大第八分校美术系主任、淮南总文抗艺术部长，其间创办了新四军画报《抗敌画报》。肖峰则于1943年参加革命，在新四军所属新安旅行团从事抗日革命文艺工作。如今时过境迁，吕蒙和肖峰仍牵挂着云岭。一路上，蔡兵听他们回忆当

皖南街景（现代中国画） 蔡兵2019年作

年出生入死的戎马生涯，更是对云岭充满了好奇与向往。

安徽美协安排了一辆吉普车，载着他们三人几乎跑遍了当年新四军战斗和生活过的地方。在云岭，新四军军部旧址已列为全国重点文物保护单位。蔡兵怀着对先烈的崇敬之情，随同老画家拜访了司令部、军部会堂、修械所、政治部、战地服务团、叶挺桥等新四军旧址，拜祭了烈士墓。

一路上，蔡兵手不离笔，笔不离纸。两周时间，他画了60多幅速写，除了新四军军部十处旧址，还有《鸟瞰岩寺——叶挺军长和陈毅同志散步的土墩》《周恩来总理在章家渡》《云岭村一角》《云岭砖窑》《青弋江》等速写，收获颇多。

一天傍晚，一行人特地来到"皖南事变"发生地泾县茂林村。泾县是宣笔和宣纸的原产地，茂林村文化底蕴十分深厚，几乎家家都挂有不同时期的书画。

安徽美协陪同人员说明情况后，淳朴的村里人热情招待当年的新四军战士。酒酣之后，主人盛情邀请上海来的画家留下"墨宝"。

吕蒙是画版画和水彩画的，因年事渐高，多日的故地寻访已体力不支，在昏暗的油灯下作画，更是勉为其难。肖峰是画油画的，无奈没有带油画工具。吕蒙为难之际，突然把目光转向蔡兵。他一直看好蔡兵，蔡兵的版画已臻大气，国画创作也日趋精进。这次让蔡兵一起赴云岭，也是他提出来的。他向主人介绍了蔡兵的创作状况之后，提议说，让蔡兵代表上海画家当场作画，献给支援过新四军的当地老百姓。

蔡兵一时有点紧张，有著名大画家在身边，他哪敢贸然动笔？何况，版画不适合当场创作，但国画，他不如版画得心应手。

他正踌躇，村长和书画爱好者已把他请到长案前，案上铺着毛毡和宣纸，以及粗细不一、大小不等的狼毫、兔毫等宣笔，连墨汁、颜料也已整齐地摆在案头。

面对这一阵势，蔡兵只能"逼上梁山"。他定心安神，脑子里出现了茂林村特有的景色。他一旦握笔在手，好胜心油然而起。他有深厚的速写功底，对国画色彩的把握也有心得。他略一凝思，大胆用色，采用流动的速写线，挥毫作画，不一会儿，宣纸上出现了云岭山水与点缀其间的村庄。半小时后，一幅亦虚亦实的国画跃然纸上。当掌声、赞叹声响起时，他背上已湿了一片。

吕蒙、肖峰频频点头，脸上满是欣慰的笑意。对他们而言，蔡兵救场如救火，而蔡兵临场发挥之好，完全出乎他们的意料。吕蒙风趣地对肖峰说："看来我们也要画国画，否则寸步难行。"

村长他们则喜出望外，不住地称赞蔡兵的画，说蔡兵为茂林村留下了珍贵的墨宝。后来一行人参观泾县笔厂时，厂长特地挑选了三支毛笔赠送给蔡兵。至今蔡兵还保留着一支长颈鹿毛笔，笔杆上刻了一行小字："长颈鹿泾县宣笔厂赠蔡兵同志于一九七八年十月"（现珍藏在蔡兵美术馆）。

皖南归来已是11月4日。12月6日，《解放日报》第四版刊登了吕蒙《云中美人雾里山——皖南纪行》一文，还配发了吕蒙、肖峰和蔡兵的10幅云岭速写。

红色云岭之行，茂林村画国画，他与中国画结下了不解之缘。可以说1978年皖南之行，是蔡兵"现代中国画"的真正开始。

五、投石问路的《归途》

> 自信心就是相信自己。相信自己才能承受得起失败与成功的考验。人生有顺境和逆境,艺术也是这样。只有顺时不骄,逆时不馁,才能在艺术的跋涉中通向成功之路。
>
> ——蔡兵

云岭归来,蔡兵开始投入中国画创作与研究。在图书馆,他如饥似渴地研读国画艺术专著,赏析国画大师的画稿画论,一边投入国画创作。多少个日日夜夜,他晨起临池,夜读"六法",深夜躺在床上,也琢磨着中国画。

那时他住在福州路一栋公房里,南窗紧靠福州路路口,窗外车来车往,还有热闹的剧场与喧闹的菜场。但他仿佛入定一般,两耳不闻窗外事,一心扑在画桌上。研读与创作,让他对国画有了自己的目标:用中国元素——中国的纸、中国的笔、中国的颜料,画出融入中外不同艺术特质的中国画。那时他没有意识到,他的这个目标对自己、对画界的重要意义。

美协资料库珍藏着许多中外绘画书籍和画册,蔡兵一有空就钻进资料库阅读与揣摩。他在提高美学理论与艺术鉴赏力的同时,分析中国国画与欧美油画的精髓要义与风格特点。他随身带着小本子,摘录大师绘画心得,临摹不同画派的画稿构图,并画下突如其来的灵感。

20世纪70年代,画人体还是比较封闭的,他和吕蒙、蔡振华、朱朴等画家在"内部"参与人体艺术素描。西画注重人体写生,从人体骨骼学的角度，通过人体素描写生，了解不同人体的形体美。第一次见到真人模特，他有点脸红心跳。写生对他并不陌生，在野外写生，在教室里画素描，但人体写生就不一样了。他知道，画人物画，必须了解基于人体解剖学的人体造型正确比例。因此，人体写生是他写生中不可或缺的一环。他心情渐渐平和，钢笔在纸面上游走，在黑、白、灰的对比下，人体的线条、光影，色调的明暗虚实，构成了人体曲线变化的完美画面。

人体写生丰富了他对人物刻画的准确表达。令他想不到的是，他的几幅人体素描，会发表在北京《艺术素描杂志》上。

1982年，蔡兵加入中国美术家协会。一同加入中国美协的沪上画家有50人，其中有黄若舟、施大畏、胡振郎等在画坛崭露头角的画家。加入中国美协，对蔡兵而言，是莫大的激励。

时间如流水。1985年，上海举办综合画展。征稿时，蔡兵第一次将版画搁置一边，递交了国画《归途》。他想"投石问路"，检验一下几年来的国画创作成果，以及自己在国画领域的发展前景。

画展开幕那天，听说蔡兵有作品入选，亲朋好友前来参观。他们像往常那样去版画展区，却没有发现蔡兵的作品。众人正奇怪，有人过来说，蔡兵的画，在中国画展区。大家纷纷涌去，果然看到了蔡兵的画。画旁边的卡片上写有"国画　归途　蔡兵"字样。画面上，是三个女子骑自行车渐行渐远的背影，周围是大片的树林。蔡兵大胆泼墨，树林呈大团的墨色与绿色，女子骑车鱼贯驶入森林深处。大家又一次奇怪了，蔡兵的国画，怎么说呢，有点抽象和写意，不像传统的国画那样写实和具象，但分明用的是宣纸、毛笔、墨汁和中国颜料。

归途（现代中国画） 蔡兵1985年作

画展结束，蔡兵回美协上班。那时上班第一件事，是"天天读"。报刊来了，大家争相翻阅。蔡兵收到信件和稿费单后，随手打开《艺术世界》第四期杂志。他翻到绘画页时，发现有一幅画很眼熟，线条、色彩、构图，和《归途》如出一辙。之前，他总认为他刊发的作品都是版画，但没想到他一看作者名，不由得哑然失笑，不正是自己的名字吗？本期《艺术世界》，整个美术展参展作品，只选了他的《归途》。

蔡兵内心欣喜。他的心血没有白花，他的第一幅参展国画，就被《艺术世界》选登，让他体会到中国画的巨大魅力。事后他知道，《艺术世界》记者到展览会采访，拍摄了不少画作，最后选中了蔡兵的画。

成功让蔡兵对自己的中国画充满信心。他坚信自己选择的方向，他一直是有艺术探索精神的，他现在要做的就是融合古今中外的绘画艺术养料，把中国画推向新的境界。

六、与著名画家清水保夫的交往

> 清水保夫为什么对我的作品情有独钟？他说因为我的画有扎实的绘画基础和速写基本功，有生动的线条、明快的色彩、丰富而和谐的画面。
>
> ——蔡兵

日本东京都青梅市美协会长清水保夫是著名画家，尤其擅长油画。1984 年，清水保夫在日本东京美术馆参观画展，看见一幅标注"现代中国画"的参展作品，作者为蔡兵。这幅名为《好事自然来》的现代中国画，令他震惊。他马上找到展馆负责人，激动地说起蔡兵的画，并希望能同画家本人见面。"我们要交流绘画技艺。"他说。他得知蔡兵是日本全国水墨协会评委，但遗憾的是，蔡兵那天正巧不在现场。清水保夫虽然失望而去，但蔡兵的名字，却深深印在脑海里。

清水保夫非常喜欢蔡兵的作品，因为他的画奔放流畅，具有速写意味。他差不多每年都会来中国观画访友。第二年，清水保夫再次来到上海，是特地为了寻访蔡兵，但茫茫大上海，如何才能找到蔡兵？他知道上海有美术家协会，于是在翻译的陪同下来到美协，说明来意，并要求去蔡兵家里，看看画家的生活和创作状况。美协领导当即打电话给蔡兵，说明事由并征求他的意见。蔡兵爽快地答应了。

那时，蔡兵住在浦东潍坊路，是市文联分给他的一套三室住房。蔡兵接到美协电话后，约了清水保夫先生第二天到自己家里做客。蔡兵把这看成是美协交给他的"外事任务"，心情有点激动。他知道清水保夫喜爱中国画，就想把客厅挂着的书法换成中国画。

第二天一早，天还没有亮，他就起身到画室绘画。此时，他的现代中国画日趋成熟。他按昨夜构思好的"腹稿"，落笔娴熟，用色浓郁，很快创作了一幅现代中国画。他看看约定的时间将到，赶紧将墨迹将干的作品装框。可是，画框小了点，无奈之下，他将画稿下端白边折起三分之一，才勉强装入镜框。

此时，门铃响起，清水保夫带着翻译来了。

蔡兵开门迎接，双方寒暄一番，宾主落座。主妇李晶莹端上香茗和茶点，以体现礼仪之邦的待客之道。

蔡兵听翻译说清水保夫想看他的速写，就捧出一大摞速写本。清水保夫神情入迷，边看边点头，赞不绝口，说："你的速写熟练老辣，功底深厚，这是几十年的积累啊。"

清水保夫品着茶点，忽然看着墙上一幅墨迹尚未阴干的中国画。画面上，遮挡着南国的阳光，两个女子身段窈窕，青春曼妙，裸露的手臂上似有晶莹的汗珠。斑驳的草屋中，红樱桃在枝叶婆娑中跳跃，好似绿荫中一串串音符。微风轻拂，枝叶摇曳，仿佛有沙沙响声……

这幅题款为《南国风情》的作品，色彩浓郁，韵味十足。

清水保夫凝视良久，开始与蔡兵一问一答。

问：蔡兵君，这是你画的吗？

答：是我画的现代中国画。

问：现代中国画？

答：是的。

一个敢为创新的画家，除了艺术勇气，还需要艺术自信。这样的画

南国风情（现代中国画） 蔡兵1997年作

家前途不可限量。清水保夫点点头，然后说："我对蔡先生的作品为何如此喜欢，因为你有非常扎实的绘画基础和速写基本功，生动的线条、明快的色彩、丰富而和谐的画面。我曾到过世界上86个国家，见到过世界上许许多多绘画大师的作品，但，我对蔡先生的作品却情有独钟。"

清水保夫说完这番话后，又说要买下《南国风情》。

蔡兵想不到大名鼎鼎的日本画家要买他的画。那时候，已经有人开始收藏他的画，价格从几十元到几百元不等。这样的价格在当时已经不低了。通过翻译，他们开始了对话。他告诉清水保夫，"这幅画不能卖，因为刚刚画好还没具名盖章。"清水保夫说："你就马上签一下名，盖个章就行了。"蔡兵说："还不行，因为这镜框是长方形的，其实我里面的画是正方形的，上下的画面都压在镜框后面。"清水保夫说："不要紧，就把上下的其余部分裁掉。"话说到这，蔡兵已无话可说。他不知道在日本画家的眼里，他的画价值几何。他问翻译，翻译征求了清水保夫的意见，给出了

蔡兵应邀在日本清水保夫先生家做客

高出当时几倍的价格，蔡兵欣然同意，清水保夫得到此画，无比兴奋。

蔡兵从画框取出画，展开折起的白边，以恢复完整的尺寸。但清水保夫坚持按画框的规格作裁剪。蔡兵觉得中日审美观不同，但只能以买方意见为准。他裁掉折起的部分，签名盖章。清水保夫一画在手，意犹未尽，当晚邀请蔡兵夫妇，在一家日本餐厅品尝日本料理。

若干年后，蔡兵以日本全国水墨画协会特别评审委员的身份去日本访问时，清水保夫赶来见面，邀请蔡兵去他家做客。叙谈中，清水保夫提出请蔡兵在画镜盒上题名落款。蔡兵当场刻了一方印章，满足了他的要求。

清水保夫对艺术的执着，对中国画的热爱，对蔡兵作品的喜爱，由此可见一斑。

七、出访新加坡

艺术无疆界，在中外艺术交汇的时代，尤其需要国际大视野。随着国际化的到来，当代绘画视觉艺术在国际交流的大融合下，中国艺术家也在吸收、创新中寻求变化。

——蔡兵

上海美术家协会收到一封来自新加坡美术家协会的邀请函。邀请函内容如下：

中国美术家协会上海分会：

为了促进中国与新加坡两地之版画艺术交流，两国画家之互访及磋励画艺，新加坡现代版画会已决定邀请版画家沈柔坚、蔡兵两位先生于今年十一月初旬来新加坡举行《中国现代版画双人展》。

（一）展出日期：一九八八年十一月二日至十一月五日

（二）展览地点：新加坡友谊画廊

（三）展览作品：每人展出不超过五十幅，展出作品由两位画家随身行李带至新加坡。

谢谢中国美术家协会上海分会各理事提供的一切方便和支持，以促进此次展出成功。

此致

敬礼

主席　陈彬章

一九八八年七月廿七日

新加坡方面为沈柔坚、蔡兵两人举行《中国现代版画双人展》，上海美协欣然助行。

沈柔坚早年学中国画，继学西画，30年代中期又学版画。创作有《拉纤者》《拾草》《庆功图》《为了正义》等木版画和石版画，50年代后创作的版画有《歌德故居》《河水让路》《南海渔船》等脍炙人口的作品。70年代后期，他致力于中国画创作，作品融中西之长，以自己的版画之雄浑古朴渗入传统笔墨，其章法新颖，笔墨奔放，于豪率中见精微，沉郁中见清远。与大画家沈柔坚一同参加新加坡画展，蔡兵深感荣幸。

关于邀请函的来历，有一个小插曲。

蔡兵在新加坡有个传授武术的朋友，名叫陈玉和。陈玉和每年都要到上海学艺和旅游，他的武术班有个叫冯振通的学生喜欢画画，就通过上海的朋友结识了蔡兵。于是，蔡兵让小冯做了自己的学生。

其时，蔡兵住在江宁路，只有19平方米的居室。好在还有一个小天井，他就在天井里搭了一间"画室"。画室非常潮湿，尤其一到黄梅天，墙壁、地板就会渗水发霉。虽然条件差，但蔡兵的不少作品是在这里完成的。

小冯从新加坡到上海，就暂居在潮湿逼仄的"画室"。小冯家境不错，但为了学习绘画，不在乎住宿条件，每日虚心求教，用功作画，画艺日渐提高。

一天，小冯正专心致志画画，忽然觉得脚底发痒，不料搔痒时，从鞋子里摸出一条软软的蜒蚰。他虽然受惊不小，但知道在蔡老师这里学画，机会难得，至于条件艰苦，是对他意志的磨炼。小冯发奋学习，后来由蔡兵推荐进入上海大学美术学院。

陈玉和回国时，带回蔡兵的版画画册，新加坡美协所属版画会的朋友看了大为赞赏，向美术家协会提议，希望蔡兵到新加坡开画展。

陈玉和将新加坡方面的信息传递给蔡兵。蔡兵告诉陈玉和，上海美协主席沈柔坚的版画造诣很深，希望能邀请他一同参加画展。于是，新加坡版画会主席陈彬章签名发出邀请函。

沈柔坚、蔡兵二人如约抵达新加坡。新加坡美协在友谊画廊举办"沈柔坚、蔡兵现代版画双人展"，分别在不同的展厅推出"沈柔坚版画展"和"蔡兵版画展"。画展期间，观众络绎不绝，媒体纷纷报道来自中国大陆的版画展。尤其是新加坡《联合早报》，分别以《中国现代版画双人展》《沈柔坚现代版画展》《蔡兵现代版画展》为题，发布消息，并刊登所展作品。

四天来，蔡兵在与新加坡画家交流切磋中，了解到世界版画的发展和流派。对他来说，这是一次大开眼界的版画艺术之旅。其间，蔡兵把版画《遨游》赠送给了新加坡总理李光耀，版画《老镇》和套色木版画《上海街景》，则被李嘉诚先生收藏。新加坡著名邮票设计师黄庆生看了蔡兵的画展，当场买了他的 10 幅版画作品。

画展结束，黄庆生说新加坡是东道主，应该尽地主之谊，就约了几位画家陪同蔡兵游览新加坡。

新加坡是以"花园城市"著称的国家，街道、公园、居民区、商业区干净且有秩序。一行人浏览城市风貌，去剧院看世界芭蕾舞比赛，去酒吧卡拉OK，游公园，坐地铁，还特地逛了新加坡的"牛车水"华人区。

黄庆生告诉蔡兵，牛车水是新加坡的唐人街，之所以叫做牛车水，是因为当年这一带居民曾以牛车载水清洗街道。黄庆生说："你要看中国的过去，就看新加坡的牛车水。"宝塔街有牛车水原貌馆，在这个三

新加坡之行（现代中国画） 蔡兵1988年作

层小楼里,蔡兵了解到牛车水的历史与文化。

在蔡兵的印象中,牛车水可以用"繁华"两个字来形容。从家族经营的金饰铺到药材行,从布料店到点心食格,应有尽有,可谓集各家特色之大成。这里街道不宽,店铺却排列整齐有序。让蔡兵最感有中国味的是挂满红灯笼的街巷。他们在大排档喝豆浆、吃油条,品尝各种小吃。恍惚间,蔡兵仿佛身临上海的老街坊。

蔡兵游览不忘写生,通过一幅幅速写,感知新加坡的文化、商业和风土人情。

在新加坡逗留期间,蔡兵接受黄庆生邀请,参加朋友聚会。在朋友家里,参加聚会的客人都带了两个自家拿手的小菜。蔡兵有点不好意思,心想早知道有这个规矩,他无论如何应该带点心水果来做客的。黄庆生见状,征求了他的意见,然后向大家宣布,请中国画家蔡兵先生为大家现场做一道最拿手的"好菜"。东道主心领神会,立即在餐桌上铺上宣纸,摆好笔墨,请蔡兵作画。

蔡兵感激黄庆生为他解围,他聚精会神,略一沉思,健笔如飞,点墨若烟,不落俗套,画了一幅具有新加坡风情的中国画。蔡兵签名完毕,客厅里响起了热烈的掌声。主人幽默地说:这是今天最美味的菜肴!蔡兵大为感动,感受到他乡遇故知的温暖。他把画赠送给了主人。

蔡兵和沈柔坚要回国了,黄庆生等人一直送到机场,还送了一大堆礼物。黄庆生送给蔡兵的礼物包括十多个克罗米镜框、美术颜料和画笔,还有一个带拉链的大型黑皮画夹。

回国后,蔡兵在《解放日报》发表了一组"新加坡街头速写",又画了一幅现代中国画《新加坡之行》,在《联合时报》上发表。

八、奔向二〇〇〇年

不同时代的人文精神，激发我强烈的创作欲望。用超前的意识审视现实，用视觉形象的诱发、联想和自我表达，创作前瞻性的为时代和当代人所能接受的作品。

——蔡兵

对中国而言，1978年是改革开放元年。这一年召开的全国科学大会，宣告了中国科学春天的到来。为了早日实现四个现代化，华罗庚、陈景润、杨乐、张广厚等一批优秀科学家，率先向科学进军。3月2日，《人民日报》发表的《奔向二〇〇〇》通讯，成了正在召开的"两会"热议的话题。

奔向二〇〇〇，成了当年最具前瞻性的符号。

《奔向二〇〇〇》的通讯，让蔡兵萌发了用美术"图说"2000年科学蓝图的宏愿。他后来说，这是时代赋予画家的历史使命。他以画家的敏感，捕捉到新时期来临的先声，那是冰河解冻时发出的巨响。一直以来，他喜欢火热的生活，因为那里更接近时代的前沿。他对生活的敏感把握和创作的超前意识，让他的作品走在了时代的前列。

因此，他对图说2000年科学蓝图，信心十足。图说22年后的科学蓝图，必须以现代农业、现代工业、现代国防、现代科学技术四个现代化为主，超前勾画出新世纪的科学远景。

他开始创作前的案头工作。他把自己关在图书馆，大量阅读国内外科普读物，他把科学家对未来科技发展的猜想，画成一个个"设计图"。

奔向2000年（木版画） 蔡兵1978年作

回到家里，他对"设计图"排列组合，组合拆开，又重新组合。这样的日子，日复一日，但他乐此不疲。

这一年年底，上海宝钢工程动工兴建。这一1949年以来中国建设工程投资最多、技术最新、难度最大的项目，引起举国关注。

有幸的是，蔡兵在上海美协的组织下，同几位画家深入宝钢工地——全国最火热的生活现场采风。足足半个月，他与工人同吃同住同劳动，密切关注工程进度，了解宝钢现代化所包含的高科技含量。他同工人、技术员、项目负责人交上了朋友。他们内心世界丰富，身上有故事，他观察他们在不同岗位上劳动的身姿，留心他们匆忙的身影，甚至，藤帽下的一个眼神，他都会画在速写本上。他的衣服上有一个特制的大口袋，那是用来放速写本的。他观察细致入微，那些不易被人发现的细节，那些高大设备的局部零件与颜色，都一一记录在"案"。建设工地每天都有新变化，他感到时间不够用，就一边走路，一边写生，不同的色彩就用文字标明，为日后创作"备注"。

半个月后，蔡兵回到美协。他的行囊里已有厚厚一摞速写本。他打开速写本，建设者跃然纸上的动人场面，以及奋发图强的精神风貌，成了他储存于胸、记录在册的素材。他创作并发表的《沸腾的工地》《打下第一桩》《新的崛起》《工地》《夜》《挑灯夜战》《钢厂工地》《清晨》《不停的夜》等速写和版画，体现了与时代发展的同步性、前瞻性以及艺术超前的创造性。

他在宝钢工地的经历，他创作的宝钢建设系列作品，为他图说未来2000年科学蓝图，打下了扎实的基础。他无法体验未来的生活，但可以通过现实的映照，畅想未来的远景。

蔡兵充实了"设计图"的排列，几易其稿后，版画构图已臻完善。投入刀刻创作之前，他为找一块木纹细腻的梨木板，花了不少时间。手握刀笔时，力量的释放与把控，才情的激越与收放，让他充满创作的巨大快感。刀尖所到之处，入木三分，艺术之魂，如龙蛇游动，线条之间，凹凸有致，呈现出浮雕般的生动图形。

10多天之后，他完成了版画《奔向2000年》的创作。

《奔向2000年》套印之后，画面上呈现了新世纪的美好蓝图。首先吸人眼球的是石座上的男子侧身雕像，雕像身子前倾、头颅高昂，呈冲刺状。他左手持钢钎，似乎刚从车间出来，右手托着的卫星腾空而起，与前方4个火箭组成飞驰的图景。雕像四周，城市高楼鳞次栉比，卫星接收器和火箭巍峨耸立，各族人民如潮欢呼，一起奔向2000年。

蔡兵超前22年，完成了《奔向2000年》。此画开创了描绘新世纪蓝图的先河，在《人民日报》《文汇报》刊登后，立刻引起巨大反响，全国不少媒体纷纷转载，他的作品一时成了畅想新世纪的图说范本。一位在外地工作的老同学打电话告诉他："嗨，我接到领导指示，正在临摹你的《奔向2000年》呢！"

1979年，《奔向2000年》入选全国第六届版画展，并被中国美术馆收藏。

九、"玻璃彩印版画"获发明专利

> 创作不是模仿别人,而是要与众不同。你就是你,我就是我,谁也不能代替谁,这是评判艺术作品的重要标准。当然,要做到这一点难乎其难。除了资历、经验、技能和胆略外,还必须充分发挥自己的潜能。
>
> ——蔡兵

蔡兵在江宁路住所天井小棚创作玻璃彩印版画
摄于1984年

一天,蔡兵在套印版画时,忽然想,既然纸张、木板容易受潮,那么有什么材料既可以创作,又可以防潮呢?

灵感降临,蔡兵想到了玻璃。

作为版画材料，玻璃甚至比金属更理想。金属受潮会生锈，玻璃则具有不吸水不生锈的优点。他兴奋地想，如果能在玻璃上刻制版画该多好！

蔡兵善于思索，敢于创新，更敏于行。他找来一块厚玻璃。一次，他突发奇想，用玻璃通过创作、绘画成为作品的母版，把图形固定在玻璃版面上，再把油性颜料和水性颜料同时或先后敷在玻璃上，这一无师自通的"油水分离法"，奇迹出现了，产生多幅原作，还可套色，经过反复实践，他终于成就了"玻璃彩印版画"。

玻璃彩印版画，不需刻制，不需蚀刻，但却有独特的创作步骤：先用一种能干涸的物质如油画颜料，创作原画版面，待画面干后再用油性颜料和水性颜料，同时或分别上色；之后把拓印的中国传统宣纸，平铺在着色后的版面上，然后用擦子根据画面需要作摩擦拓印，或用机器拓印；最后揭下画幅，即成彩印版画。玻璃彩印版画的特点是根据创作构思，以玻璃为板面材料，通过特殊的步骤，同样能使作品像木版画、铜版画和石版画那样，达到产生多幅原作的效果。玻璃版画甚至可以水印——只需让纸张濡湿，水印效果立显。如果单单拓印一种颜色，也可产生浓淡、枯湿等变化。这种不吸水性的拓印所产生的独特的版画韵味，显示了玻璃这一版画新材料的非凡效果。

比起传统的版画，玻璃画易于起稿、复稿、套印，更能表达别具一格的艺术趣味。

蔡兵首创的"玻璃彩印版画"，是对版画品种的独特表现手法。1984年第4期《科学生活》杂志，发表了李正兴采访蔡兵的文章《玻璃彩印版画　开拓版画新天地》，并配以蔡兵创作的《爱鸟》《江南水乡》

夜歌（玻璃彩印版画） 蔡兵1984年作

《戏剧人物速写》《山谷探幽》等玻璃彩印版画作品。玻璃彩印版画在媒体的首次亮相，立刻引起连锁反应，并在国内外版画界引起轰动。

当年7月24日，《新民晚报》以《既有水彩画的明快，又有国画的韵味——蔡兵首创玻璃彩印版画》为题，作了独家报道。紧接着，《萌芽》杂志第11期，在封底整版刊登了蔡兵的多幅玻璃彩印版画，其中包括《轻舟荡漾》《侣伴》《江南水乡》《归途》和《夕照》。

这一年，他的玻璃彩印版画《夜歌》上了《上海文化年鉴》封面。

同样是这一年，他的玻璃彩印版画《江南水乡》和《新声》，入选"挪威第七届国际版画展"，他本人则被推选为"挪威第七届国际版画展"评委。

玻璃彩印版画在美术界的成功，引起了科技界的关注。

1985年5月10日，上海专利事务所沈兆南先生受理了市科普创作协会为蔡兵申报的"玻璃彩印版画"制作工艺发明专利。蔡兵是市科协会员，这种有科技含量的发明，是科协的荣誉和骄傲。

6月27日，上海人民广播电台在夜间新闻节目中，播发了上海版画家蔡兵的"玻璃彩印版画"获国家专利权的消息，并介绍了他的创作工艺以及在国内外展览和获奖的情况。

蔡兵的玻璃彩印版画继续发酵。

这一年，玻璃彩印版画《池塘》入选1985年上海美术作品展览；《夜色》和《轻舟荡漾》入选全国第二届版画展；《平湖钟声》入选第四届全国水印版画邀请展……

9月20日，《上海文化艺术报》发表对蔡兵的专访文章《流彩多姿的小棚——访中年版画家蔡兵》，并选登了《播种》《早市》两幅玻璃彩印版画。12月27日，该报刊登评论文章《上海版画事业期待新的崛起——现状和展望》，文中介绍蔡兵说："上海的版画正在技法的新颖和内容的时代性上形成自己的个性，蔡兵独创的'玻璃彩印版画'受到全国瞩目并多次出国参展，为国际版画界所肯定。"

转眼到了1986年。2月25日，《解放日报》发表《蔡兵和他的玻璃彩印版画》专访文章。之后，《村道》《山色》玻璃彩印版画，入选"第12回日本昭和美术会展"。《山色》被上海市美术家协会收藏。

1987年，玻璃彩印版画《夜歌》获得首届上海市文学艺术奖·美术一等奖。

好评纷至沓来。4月10日，《新民晚报》报道称："上海版画家蔡兵首创的'玻璃彩印版画'取得发明专利，国家专利局日前在发明公报上公布了这项专利，这在上海美术界尚属首次。"5月3日，《光明日报》以《蔡兵发明玻璃彩印版画制作工艺》为题，称："这项发明揭开了我国版画史新的一页。"

《文汇报》报道：蔡兵首创的"玻璃彩印版画"填补了国际、国内版画界空白，获得中国专利局公布的中国美术界第一个发明专利。英国剑桥艺术中心为表彰这一世界首创的成就，授予上海画家蔡兵"世界杰出成就人物奖"。

十、刘海粟题词"朝显画室"

> 我至今仍然感激刘海粟大师对我的勉励。虽然我现在的创作条件比那时候好不知多少倍,但是我永远不忘用"朝显"二字鞭策自己。
>
> ——蔡兵

刘海粟住在复兴中路毗邻复兴公园的一幢法式花园小楼,这是他自20世纪30年代起就租下的居所。蔡兵沿着室内楼梯走向二楼会客室。会客室挂满了刘海粟的书画作品,其中一幅《但丁之舟》占据了一整面墙,这是刘海粟青年时期在意大利临摹的作品。刘海粟是誉满中外的著名书画家、美术教育家,被誉为我国新美术运动拓荒者、现代艺术教育奠基人。

蔡兵在版画领域异军突起,而他的中国画创作也渐入佳境,媒体对他的关注渐渐从版画转向了中国画。袁拿恩是刘海粟的入室弟子,与蔡兵是好朋友。蔡兵所在的市美术创作办公室(后恢复为上海市美术家协会),位于黄陂北路226号,离袁拿恩江阴路的住所很近。袁拿恩有时会到蔡兵办公室聊天,蔡兵也会去他家坐坐,交流绘画技艺。

一天,袁拿恩来到蔡兵家里,带来两幅字,说是刘海粟写给蔡兵的。蔡兵打开宣纸,见是4尺对开的书法条幅,写着"朝显画室"四个苍劲浑厚的大字,以及"为蔡兵同志题,刘海粟九十四岁"的落款和鲜红的印章,心中顿时热流潮涌。另一幅是刘海粟为蔡兵《现代中国画新作——蔡兵画集》题写的"蔡兵画集"四个大字以及落款和印章。蔡兵惊喜之余,感谢刘海粟对他的厚爱,感谢好友袁拿恩玉成其事。

蔡兵想起之前曾带了几幅中国画,登门请刘海粟大师指点。那时刘海粟正在阅读美术杂志,他一时不便打扰。倒是刘海粟见他来了,放下杂志,热情招呼他入座,说:"噢,你是美协的,来过几回,我们都是常州人。"刘海粟的话,一下子拉近了两人的距离。

刘海粟虽然年事已高,但依然精神矍铄,目光如炬。他说蔡兵的国画用色上有油画的味道,风格上有别于传统国画的工笔写实,具有现代绘画的抽象与写意,符合当代绘画的发展趋势。他话语一转,问蔡兵,画稿上的霉斑是怎么回事。

蔡兵羞涩地笑笑,如实相告。他住在江宁路底楼,那里潮湿闷热,特别是黄梅季节,墙壁和地板上,会像出汗一样渗出密密麻麻的水珠。这时候,不要说国画,就是木刻画也因为潮湿长出了白毛和绿斑。他藏在沙发抽屉里的国画,因含水量大,捧在手里又湿又重。蔡兵感叹:"家里实在太潮湿了,所以这些画就有了霉斑。"

刘海粟是豪放诙谐之人,闻言朗声大笑,他抚摸着泛潮的画,说:"潮湿,潮湿,去掉三点水就是'朝显',好啊好啊,朝是朝阳的意思,显是才艺显露。"

蔡兵大喜,马上接过话头:"如能求到大师的一幅'朝显画室'的墨宝多好!"刘海粟爽快答应,说就让袁拿恩下次过来取字。

蔡兵得到刘海粟的墨宝后,再次上门拜谢。面对刘海粟,任何感谢的话都无法表达他对大师的崇敬,唯有用"朝显"二字鞭策自己。

蔡兵将刘海粟的墨宝装裱后珍藏在柜子里,并放了防潮剂。这段时间,他脑子里一直琢磨刘海粟对"朝显"的解释。他把"朝显"看作春天

刘海粟大师为蔡兵题写"朝显画室"

喷薄的朝阳，为的是显露秋日的果实。

为此，蔡兵把画室命名为"朝显画室"。他特地做了镜框，装上刘海粟的题词。挂上镜框后，他左看右看，觉得不够隆重。他善于木刻，决定亲自动手，把刘海粟的题词制成匾额。

他找到一块厚实的椴木板，同比例复印了刘海粟的墨宝，然后拓印在木板上。他用刻刀在木板上镌刻，这次，他镌刻的不是画而是书法。刀锋所至，木板上渐次出现"朝显画室"四字以及落款和印章。刘海粟的笔锋，蔡兵的刀锋，丝丝入扣，惟妙惟肖，透示出汉字的精气神。书法味、刀刻味、木质味，熔于一炉，恍如天造。上了油漆后，匾额墨黑的生漆底板，蓝绿色的书法，鲜红的钤印，色彩沉稳大气，浑然天成。

蔡兵把匾额悬挂在画室门楣上。此后几经搬家，画室门楣上悬挂的都是这幅匾额。每天进画室创作前，他都要在门口停顿一下，仿佛向匾额行注目礼。

十一、在浙江美院进修

> 版画是艺术家通过画、刻、印独立完成的视觉艺术。无论是印刷工业化之前印制的版画,还是当代版画通过制版和印刷程序而产生的艺术作品,版画艺术在技术上伴随着印刷术的发明与发展一起成长。
>
> ——蔡兵

时间回到 1984 年。蔡兵在版画界崭露头角,引起浙江美术学院的关注。美院开办美术进修班时,向蔡兵发出入学通知,邀请他到美院版画班进修。版画班只有七八个学生,都是来自全国各地的年轻版画家。而来自省市级美协的,只有上海美协的蔡兵和浙江美协的董小明。

蔡兵来到美丽的杭州,进入位于南山路的浙江美院。美院蜚声海内外,1928 年,蔡元培、林风眠选址杭城西子湖畔,创建了我国第一所综合性国立高等艺术学府——国立艺术院。艺术院以兼容中西艺术、创造时代艺术、弘扬中华文化为办学宗旨,数十年来,学院十迁其址,六易其名,从创立初期的"国立艺术院"到 1958 年的"浙江美术学院",1993 年后,又更名为"中国美术学院"。

第一堂课,由久负盛名的版画家、美术教育家赵延年教授上课。

蔡兵熟知版画界的诸多前辈,对赵延年教授更是敬佩有加。赵教授年轻时在上海美专学习木刻,并与同学共同组织"铁流漫画木刻研究会",抗战时参加"中华全国木刻界抗敌协会"。代表作有《鲁迅像》《逐日》《砥》《路漫漫》《地火》,出版《阿 Q 正传》木刻连环画、《赵

中国版画家协会主席李桦在浙江美院参观蔡兵版画展时与蔡兵交谈 1985年摄

延年木刻鲁迅作品图鉴》《赵延年版画选》《赵延年木刻插图》等画册。1991年，赵延年教授荣获中国美术家协会、中国版画家协会联合颁发的"中国新兴版画杰出贡献奖"。

  如今，蔡兵以敬仰之心听赵教授讲课，心情格外激动。赵教授首先讲了学校的要求，版画班的教学计划，然后进入正题。他对照自己的代表作《鲁迅头像》，边讲述，边拿木刻刀做木刻示范。蔡兵感觉赵教授对艺术要求非常严格，而这正是赵教授的教学风格。

  这以后，赵宗藻、俞启慧、邬继德、陈聿强、陆放、王公懿等老师分别为版画班学生上课。老师教得一丝不苟，蔡兵学得如饥似渴，获益匪浅。

学习期间，学生们经常自行加课。有一次上人体写生课，第一次面对女模特，虽说是为了艺术，但大家都有点难为情。蔡兵克服了最初的羞赧，很快进入写生状态。他的人体写生栩栩如生，连老师都赞叹他的写生功力。

除了上课，蔡兵最喜欢去的地方是美院图书馆。图书馆馆藏丰富，而进修生阅读的范围，又较一般学生要大。每个课余时间，夜晚和休息日，他都在图书馆度过。他像一个沙漠旅行者，如饥似渴汲取国内外美术知识的水分。他随身带着速写本，翻阅世界绘画名作，描摹大师作品的构图、色彩与造型。

半年后，蔡兵的版画创作让人刮目相看。美院慧眼识珠，作出一个前所未有的决定：为蔡兵开个人版画展。为学生开个展，这在美院尚属首次，蔡兵明白，这一荣耀是对他版画创作的褒奖。

蔡兵精选了进修前后的版画代表作，在美院成功举办了"蔡兵版画作品展览"。中国版画协会主席李桦先生亲临展览厅祝贺，给了蔡兵莫大的鼓舞。而美院师生参观画展的盛况，让他感动之余，更添信心。

学业结束时，不少师长为蔡兵留下了墨宝。赵延年为他题词"新奇美"，俞启慧则是"成就来自胆识和勤奋"，陈聿强强调的是"勇于探索"，王公懿勉励他"扬长避短，走自己的路"。这些书写在条幅上的留言，言简意赅，语重心长，成为鞭策蔡兵艺术创作的座右铭。

十二、"故乡"行

> 作品是心血和时间的结晶。在我的生命中，时间是最宝贵的。在我的时间表里，大都被创作占有了。我选择绘画，然后在漫长的岁月中，一步一步，踏踏实实往前走。
>
> ——蔡兵

浙江美院举办蔡兵版画展览的消息传到了厦门。厦门市文联熟知蔡兵当年在福州军区搞版画创作的经历，特地邀请他和当年同在福州军区当兵的上海摄影记者徐裕根，去厦门举办展览，进行学术交流。

蔡兵和徐裕根应厦门市美协和文化局之邀，举办"蔡兵版画作品展览"和"徐裕根摄影作品展览"。著名书画家王个簃先生为展名题字。其间，厦门市副市长毛涤生参观展览并与他们座谈。

蔡兵展出的版画作品品种丰富，有《上海街景》《日出印象》《野风轻轻吹》《山谷新声》《颐和胜景》《渔歌》《敦煌异彩》等套色木版画；有《电厂工地》《视察黄河》《奔向2000年》《海的回忆》《高山平湖》《中华英豪》等黑白木版画；有《排练》《遨游》《春到山寨》《蓓蕾初放》《江南水乡》《戏剧人物速写》等玻璃彩印画；还有《山区新城》《一片轻舟洞中过》等布版画，以及《瓦窑堡会会址内景》《山谷深处》等纸版画。

一个版画家，有如此多的艺术品种，在厦门版画界引起轰动。1985年元旦是展览开幕日，记者陈武生在《厦门日报》头版，以《蔡兵徐裕根版画摄影作品今起展出》为题，作了报道："蔡兵版画展览、徐裕根摄影展览元旦起在中山公园花展馆展出二周。蔡兵、徐裕根青年时期服役于驻福建部队，退伍回上海后，刻苦学习，现已分别加入了中国美术家协会及中国摄影家协会。蔡兵首创独特风格的'玻璃彩印版画'，曾在法国、意大利等国家和地区展出。"陈武生采访结束时，为蔡兵题词："成功之作　成功展出"。

元月5日，厦门电视台新闻节目播报了这条新闻，并将此条新闻传送到上海电视台播放。《厦门日报》于1月至6月，分别刊登蔡兵的版画作品。特别是1月28日，在副刊上登载玻璃彩印版画《江南水乡》《轻舟荡漾》，以及木版画《工地》和《爱学习》，并配发沈吉鑫的评论文章《开拓版画艺术新领域》。文中提到："福建，是蔡兵六年生活的'故乡'，月初他在厦门举办的个人画展，是对'故乡'人民的汇报。在这个画展上，人们可以看到蔡兵探索艺术的勤与奋，可以看到他在版画艺术不断开拓中的成就，可以看到版画艺术的美妙所在。"

浙江版画会林先生以书法传书："上海美协分会并转蔡兵同志，正值一九八五年元旦之际，蔡兵同志个人展览会在厦门隆重开幕，我代表浙江版画会表示热烈的祝贺。蔡兵同志是我们版画界的新秀，近年来刻苦钻研、立意创新，制作了许多好作品。在此再一次祝愿他艺术长青。"

展览期间，浙江美院赵宗藻、俞启慧、邬继德、陈聿强、陆放、王公懿等老师以信件或题词的形式表示祝贺。福州军区的老战友获悉蔡兵举办画展，也以不同方式表示祝贺。庄金华来信说："蔡兵的第一幅作品是在福建发表的，现在画展又在厦门举办，这是很有纪念意义的。"他还附信寄来了一幅书法："祝贺蔡兵版画展览　锲而不舍　别具一格"。陆嘉陵的题词是："勇于创新　祝蔡兵个人版展在厦门获得成功"。薛瑞生从辽宁送来篆刻作品"业精于勤"，并题词祝贺蔡兵版画作品展览在厦门成功展出。陈阳从浙江上虞寄来书法:"独树一帜　祝贺蔡兵版画作品展览获得成功"。刘辉参观展览后,从江西瑞金寄来贺词:"艺苑丹青添异彩　浦江翰墨展新容"。韩黎坤更是别出心裁地写了一幅书法:"不积跬步,无以至千里;不积小流,无以成江海。骐骥一跃,不能十步;驽马十驾,功在不舍。锲而舍之,朽木不折;锲而不舍,金石可镂。是故无冥冥之志者,无昭昭之明;无惛惛之事者,无赫赫之功。录荀子劝学篇题贺蔡兵先生版画展于鹭城揭幕与之共勉之　乙丑岁末厦门。"

对蔡兵而言,师长、同仁、战友的来信和题词弥足珍贵。为此,他特地买了一本蓝封面的册子,将这次画展的资料剪贴其中。封面上是赵延年教授的题字:"蔡兵版画作品展览纪念册"。

画展结束,他故地重游,去了他当兵时的部队驻地乳山村。

十三、程十发题字

> 程十发大师对我的教诲和启迪，我终生难忘。谈及艺术创新，他说"混血儿是聪明加漂亮"，这让我有醍醐灌顶的顿悟。
>
> ——蔡兵

蔡兵在上海美协分管过版画组、中国画组、漫画组、年画连环画宣传组。其间，他有幸结识了中国海派书画大师程十发。程十发"取古今中外法而化之"的艺术视野，令蔡兵心慕而手追。

蔡兵是程老家里的常客。1992年冬，他带着刚刚出版的《蔡兵画集》请程老赐教。入座后，蔡兵于茶香袅袅中听程老评画。

程老评到兴头上，摘下老花眼镜，边擦着镜片边说："谈及艺术创新和风格，谈何容易啊！你要它，不一定成；不要它，倒是自然形成了。你晓得吗，遗传学家说近亲结婚养出来的小囡容易变戆大，血缘越远结婚生的小囡越聪明。我看啊，混血儿是聪明加漂亮。艺术也是如此，一直在老的艺术圈里是兜不出来的。你的画就是东西方的混血儿嘛！画得很有生命力……"

蔡兵听程老如此评价自己的画，深感意外。那时候，他对现代中国画的"现代"二字已有体悟。当今绘画艺术呈多元化发展，虽然传统与现代永远是主流，但说到传承，说到发展，必须在"现代"上浓墨重彩。

蔡兵沉浸在程老的"混血儿"论里，还没有回过神来，又见他从茶几上拿起眼镜戴上，说："我送你几个字。"

程十发先生给蔡兵的题字 1992年

蔡兵闻言惊喜异常。他知道，程老的书法得力于秦汉木简及怀素狂草，善将草、篆、隶结为一体。因此，他的书法不拘一格，别有意韵。

程老起身取了一张四尺宣纸，在画桌上铺平后，压上镇纸，略一凝思，蘸得墨浓，欣然挥毫。

蔡兵屏息凝神，看程老写字。须臾，宣纸上出现了七个笔力雄健的大字：神韵不凡有灵气。落款为"蔡兵画友留念 壬甲冬月程十发赠"。

程老是画界前辈，蜚声中外，竟称蔡兵为"画友"，这种虚怀若谷的大家风范，让蔡兵既激动又不安。他知道，此时的程老，书画造型和笔墨境界已臻化境，墨法、水法、色法、笔法，以无法为法，随机应变，随心调动，意气风发，潇洒自如。这样的境界虽然离他很远，但这正是他所孜孜以求的。因此，他把程老对他的称呼，看作是对他现代中国画的肯定，是对他的期望和激励。他真诚地说："程老，您真是高抬我了，我还要继续努力……"

从程老寓所出来，蔡兵耳边回响着程老的话，"混血儿是聪明加漂亮"。是的，艺术如何随着时代的发展而发展？这就必须"嫁接"，而"嫁接"，即生出聪明加漂亮的"混血儿"。现代社会，人的审美欲望和情趣，随着时代发展会有新的渴求。他由此悟到，现代中国画艺术，要求蕴含丰富的哲学意念，用天人合一的艺术思维方式，抒发形神、气韵的内在精神。在画家的气、韵、思、景、笔、形等要素中，获得独特的艺术真谛，破解心灵深处的艺术密码。

蔡兵从程十发大师那里悟出的道理，正如法国当代绘画大师马塞尔·穆利在 1996 年与他交谈时所说："我们之间的绘画蕴含着相同的语言，艺术应当是属于全世界的。"

十四、在日本讲学和创作

> 在日本，我同日本同行的艺术交流，更像是一次不同风格的艺术嫁接。那时创作的作品，有程十发大师所说的"混血儿"的韵味。"混血儿"，让我初步悟到了"融"艺术的魅力。
>
> ——蔡兵

1998年，蔡兵来到日本名古屋。这已是他第三次做客名古屋了。到达当天，名古屋艺术大学为他举行隆重的聘请仪式，聘请蔡兵为该校研究员。

继1996年在日本大垣市举办"蔡兵、蔡文彩墨画展"后，1997年，日本名古屋市再次为蔡兵父女举办了画展。

在名古屋艺术大学，蔡兵拥有独用的工作间。工作间有配备了画架和画桌的画室，还有配备了冷暖设备、盥洗设备齐全的休息室。这么好的工作环境，让蔡兵感受到校方对他的诚意和期盼。

蔡兵在学校除了为学生讲课，还经常同美术老师交流画艺。有一次，他提出想了解和学习日本画。校方自然很乐意，特地安排他观看日本教授创作。蔡兵发现，日本教授虽也写生，但一般以照片、录像为参照物，对固有物体显得刻板而拘谨。绘画时，他们先准备一块板，绷上涂过明矾的日本纸，颜料则通过电炉研磨熔化，然后把去除杂质后的颜料一层层涂在纸上。蔡兵觉得这种画法工序复杂，耗费时间，往往一幅作品要较长时间才能完成。

蔡兵试着用日本的颜料、画纸和工具，融入自己的方法和风格，创

蔡兵在日本名古屋艺术大学工作室里（55岁） 1998年摄

作日本题材的画，这样创作出来的画稿既快又好。蔡兵带有中国韵味又别具个性的速写线条画法，引起了学校师生的重视，因为这正是他们创作日本画所缺少的。有个日本教授告诉他，你的创作方法很特别，就按自己的风格画吧。

蔡兵明白，这是他对不同绘画艺术风格的嫁接，有"混血儿"的韵味。至此，他就按自己的风格创作日本的题材。

他住在女儿租赁的房子里，房屋虽然不太大，但有客厅和画室。他住的卧室，打开窗就能看见街景。一天早晨，他打开窗，阳光从窗外泻入，视觉里的街景像画一样嵌在窗口——高楼错落有致，仿佛涂抹了深浅不一的金晖，远处，长街如河，与天空连接，而流动其间的是各色车辆。秋日下的街道安逸、静美，诗意盎然。

蔡兵心情喜悦，心静如水，然后临窗作画。他先是速写，画面上是线条勾勒的全景。他在木板上绷上日本纸，开始画画。他断断续续花了差不多一周时间，完成了《名古屋街景一瞥》。这幅融入具有鲜明现代中国画风格元素的日本画作品，在日本展出并获奖，引起日本同行的注目。

艺术大学对蔡兵的画推崇备至，以至有教授对他说："你来学习，你应该给我们上课提意见。"所谓"提意见"，就是请蔡兵到他们的工作室指导画画。

蔡兵在名古屋的影响越来越大，不久，他应日本东海国际交流会和中日国际交流事务局邀请，在名古屋同市公会堂，为来自不同地区的画家和艺术家讲课并现场绘画。

还有一次，名古屋举办大型展览会，蔡兵也有个人画展。主办方邀请蔡兵在展览会上作绘画示范。蔡兵见台上竖着一块大画板，台下观众不少于1000人。他精神抖擞，上台后，凝思着画板上空无一物的白纸，回头用日语说："我将开始画一幅画，时间大概需要半辈子——"此时的蔡兵，他在这里卖了一个关子，果然此言一出，台下一片惊讶声。他顿了一下，才慢慢说道："因为，这是我用半辈子积累的心血来作画的。"

蔡兵的幽默收到了预期效果，台下响起会意的笑声。蔡兵面对着画板，向前一步，又退后一步，眯着眼睛打量白纸一张的画板。此时全场肃静，目光集中在蔡兵身上。蔡兵拿起画笔，蘸着颜料盘里的颜料，在画板上挥笔涂抹。转瞬间，白纸上出现一组葫芦。蔡兵神采飞扬，刷刷又是几笔，画面上出现了蜿蜒生长的藤蔓。他笔走龙蛇，身形潇洒，边画边讲解。他讲中国画的线条艺术，富有动感美和装饰美；讲线条的虚实、曲直以及波状线、蛇形线；讲线条造型对传统中国画技法的意义。然后笔锋一变，藤蔓间生长出簇拥的叶片。他从线条转到用色，讲如何以墨代色，讲中国山水重彩画对西洋油画的借鉴。

言谈间，蔡兵笔锋所至，一幅传神的"葫芦图"已跃然纸上。台上一幅画，台下半辈功。台下一片惊叹声，掌声持续响起。主持人适时告知，把众人的注意力引入舞台后面的蔡兵个人画展。

观众纷纷涌入展厅，不少人看了他的画，当场购买。那幅现场画的《葫芦图》也被人收购。更有趣的是，有的购画者，后来成了蔡兵的学生或朋友。

有位日本牙医，从蔡兵当场作画到参观画展，一直在场，后来跟蔡兵学绘画。蔡兵牙痛去牙医的诊所治疗，牙医说为老师免费，见老师不肯，就打了最低优惠价。牙医请蔡兵到他家吃饭，他夫人是贤惠善良的台湾人，大家成了好朋友。

松井是经营水果的，也是蔡兵多年的朋友。他从认识蔡兵时，有空就教蔡兵日语。后来请蔡兵去冲绳和香港等地旅游，一路上更是大教日语。蔡兵在日本料理店用餐，试着用日语点菜，开始还有点语言转换障碍，后来进入语言环境，日本话说得越来越流畅。

水栗子是拥有两张大学文凭的日本女孩，她跟蔡兵学画，兼做蔡兵的翻译。蔡兵在日本的旅游大都是她安排的。

蔡兵在艺术中心授课，学生中除了年轻人，还有不少医生、律师、官员、经理以及他们的夫人。他们欢喜蔡兵的授课方式。蔡兵上课，先把自己的画挂在墙上，然后结合这幅画，讲手腕的运用，讲根据画稿如何选用不同的笔，非常具体和细致。讲用色时，甚至细到蘸多少水分。他一边讲解，一边做示范，把挂着的画再从头到尾画一遍，然后让学生临摹。

一堂课就是一幅画。蔡兵别出心裁的教学方法，让边学边画的学生很有成就感。这样教了三个月，学生家里大都挂满了自己的画。正因为有了这些学生和朋友，蔡兵渐渐融入日本社会。他也通过艺术圈和商界的朋友，去展览厅、博物馆、会所以及酒吧，多方面了解日本的风土人情。其间，李晶莹多次来日本，与他和女儿团圆。每逢这时候，他就带着夫人去日本各地旅游并写生。

这段时间，他创作了不少作品。他笔下的画，大都带有浓郁的日本风情。

蔡兵同上海文联、美协及国内美术界一直保持着联系。他参加国内赈灾义卖活动，参加为支援灾区重建举办的慈善捐书画精品活动。1998年，他受中国文化部特别邀请，回国参加"当代中国画十人联展"。这一年，被聘为上海浦东新区时代艺校名誉校长，作品多次入展和入选国内各大展厅及书画报刊。

蔡兵在日本有"艺术签证"，便于他在中国日本两头跑。

1999年，蔡兵在每日新闻社每日文化中心举办"蔡兵绘画作品展"。每日文化中心特别邀请他开办"中国绘画版画第一人者蔡兵先生来日特别讲座"共12场。日本东海国际新闻刊登了《中国著名画家——蔡兵的中国版画的世界》独家采访稿，并整版刊登蔡兵的玻璃彩印画《故乡》、纸版拼画《树》、套色木版画《上海街景》、丝网版画

《水乡》。中国画《桥的故事》入选日本东海电视台"墨的挑战"水墨画展，并获最佳创作奖。

　　日本人喜爱版画，在日本，只要提到"版画"，几乎童叟皆知。中日版画，因内山嘉吉而结缘，如今，蔡兵的版画因注入中国元素，见此情景，名古屋文化中心干脆开设了"版画教学"，发聘书邀请蔡兵、蔡文父女授课。

　　报名参加版画科的学生很多。上课时，蔡兵一边讲解，一边用木刻刀具在木板上刻画。讲课既是创作过程，新颖的教学方法，让学生见识了中国版画的神奇。消息传开，其他班的学生纷纷过来报名。

　　后来，每日文化中心专门请蔡兵讲学，教授"版画与手绘贺年片制作"这一具有日本礼仪特色的课程。蔡兵的手绘贺年片课程内容丰富，包括铅笔速写、钢笔速写、黑白版画、水墨画和现代中国画等不同画种。

十五、在足助町的日子

> 我在中国画传统笔墨的基础上,融会东方精神与西方现代艺术理念,充分发挥艺术想象的自由空间,糅合不同的文化元素和价值观念,创造出独具个性的现代中国画。
>
> ——蔡兵

1999 年,日本每日文化中心在位于爱知县东北部的足助町三洲足助敷举办"蔡兵——中国的抒情"个人画展。画展包括版画和中国画,蔡兵精心挑选了各个时期的主要作品。开幕式那天,身穿礼服的各界嘉宾,纷纷向蔡兵致贺。展厅主席台前摆满了写有祝贺者姓名的花篮,场面热烈隆重。

画展有两个月时间,蔡兵有大把的时间与日本朋友朝夕相处,创作、讲课、访问,参加当地的文化活动。

足助町是 19 世纪日本运送食盐的商旅在中马街道的投宿地。如今,足助町遗存有足助中马馆、足助资料馆、香积寺等在内的建筑物,还保留着当时的小镇风貌。巴川沿岸还有以秋日观赏红叶闻名的香岚溪等风景点。

有一天,朋友陪同他参观三州足助住宅。那里有不少传统手工艺作坊,为游人表演打铁匠、烧炭等传统手工艺,再现当时的劳动场景。而插花、造型和烹调等场所,可供参观者自己动手制作。除此之外,还有陈列竹篮、纺织品和刀具的民间艺术品展示。蔡兵驻足于三州足助住宅各处,流连忘返,画了不少速写。

蔡兵所住的地方是足助町风景区，他在那里交了不少日本朋友。大家知道他是中国画家，对他十分友好。画展主办方负责联络他的女孩，热心教他使用暖被机、淋浴器等。他独住的屋子里有冰箱、微波炉和煤气灶，吃多了日本料理，他就自己做中餐，尝尝家乡的味道。有时候日本朋友也会带酒菜到他住所聚餐。饭后，他们就开车带他去山顶看夜景，或者去酒吧唱歌放松一下。

与日本人的日常交往，身边是没有翻译的。而此时蔡兵日语的阅读、听与说，基本没有问题。

蔡兵刚去日本的时候，因为语言问题，有不少趣事。

记得第一次去日本办展、讲学，他一刻也离不开翻译。但尽管有翻译在场，难免还是会碰到问题。比如一些绘画专业术语很难翻译，或者翻译得词不达意；有的翻译比较"闷"，而且容易挂一漏万。而没有翻译在场的宴请、娱乐等应酬场合，蔡兵更是无法交流。他虽然学过一点英语，但在这里几乎派不了用场。以后碰到这样的场合，他就叫上女儿，让女儿当翻译。

蔡兵下决心学日语。他买来学日语的磁带，反复听，一边跟着念。但磁带速度快，有时候跟不上，他就买来《日语教程》，一边学，一边查中日文对照字典。有时候睡不着，他就半夜起来背日常会话句子。有的词难以记住，他就在桌子侧面、椅背、床头、门和墙、洗漱间甚至电视机外壳贴满单词纸条，供他随时随地背诵。他还随身携带记满单词和句子的小本子，外出时随时背诵。而商店招牌、餐馆菜谱，也成了他学习的内容。就这样日积月累，他终于可以与人简单沟通了。

有一次去商场，他用日语对营业员说要买糨糊，并说了糨糊的牌子，营业员居然准确无误地把货品拿给了他。他很高兴，又询问在哪里付钱。营业员后来告诉他，他的日语说得很好，还说要与他对话。蔡兵一时很尴尬，只好用日语说："抱歉，我只会一点点。"

蔡兵有个名叫白浪的中国学生在京都开画展，邀请老师去捧场。白浪怕老师说不好日语，就一并邀请了蔡文。蔡文因为有授课任务，不能成行，但不放心父亲一个人从名古屋跑到京都，一路上要乘地铁和巴士，进餐馆，语言上有问题。为此，蔡兵在行程前做了功课，用日文写了不少相关的问答题。当他独自一人顺利到达京都后，白浪大大吃惊了一把。

蔡兵顺利回来后，女儿惊异地发现，父亲去了一趟京都，日语突飞猛进。蔡兵回到名古屋时，正是樱花盛开的时节。松井邀请他去赏花，一路上，他的话比松井还多，向小摊贩买东西，甚至用日语讲笑话，逗得松井哈哈大笑。

更大的考验是在课堂上。有一次蔡兵在艺术中心上课，翻译因突然有事要晚来。眼看着上课时间到了，蔡兵只能硬着头皮讲课："今天对不起，翻译还没有来，我先上课。"他说的是日语，学生们惊讶了，想不中国老师会说日文。在此之前，他都是用中文上课，然后由翻译转述。上课用的专业日语毕竟不同于日常会话，难免有讲错的地方，好在绘画可以边示范边解释，竟然半生不熟地让学生听了个八九不离十。半小时后，翻译来了，看见蔡兵已经在用日语讲课，非常惊奇。课后，学生围着蔡兵，说蔡老师日语讲得不错。这是对他的鼓励，拉近了师生间的距离。

画展期间，蔡兵画了不少中国画。他笔下的自然景色与众不同，碧海蓝天的海滨、烟雨朦胧的山村、风情浓郁的郊外野趣，无不水墨重彩，墨韵恣意，意笔草草，意境深远。如构图别具一格的《河边》，河边飘逸的柳枝、天上的飞鸟、河坡的牧牛，画面动中有静，似有乐曲逸出。

既是中国画，又融入了日本的田园风情，蔡兵的中国画自然引起收藏者的兴趣。有时一幅画墨色未干，就被人订购，有的作品则被日本文化中心作为珍品收藏。

2001年，在日本稻泽市荻须纪念美术馆举办的"蔡兵现代中国画展"，让他的现代中国画，走上了日本画坛。

第六章　红色时期（下）

红色，呈现于盛大节日的仪式上。因为红色代表欢快、热烈、吉利、喜庆，代表信仰。

中华文明，孕育了国人的红色情结。从日常生活、艺术人生到盛大庆典，红色寓意美好的事物。

在画家眼里，红色极具张力，是艺术的永恒色调。

蔡兵说，红色是浓烈的色彩。红色寄意热情、活泼、张扬。但蔡兵本人热情、活泼，却不张扬。因为红色也有警示的含义。比如，在绘画生涯里，他警示自己不要虚度年华，也不要墨守成规。

蔡兵亲近红色，除了上述的原因，还把红色视为神圣、庄严、赤诚、纯真和奋发向上的精神象征。

艺术上，他需要在融会贯通的基础上，形成自己的"色彩"。

一、与法国画家的交往

> 我根据多年来艺术尝试的经验,在中国首度提出现代中国画理念。现代中国画的创作是"融"艺术的独特体现。这也是我创作生涯的中年变革。
>
> ——蔡兵

1993年,蔡兵参加了在上海举办的"法国艺术周"。一天,中法两国的艺术家在海伦宾馆联欢。来自马赛的阿伦·普克用毛笔与蔡兵联袂作画。其他画家也纷纷在宣纸上尽兴涂抹。普克和蔡兵分别画了法国号手和中国酒仙,这幅奇妙组合、融合了中西风格的作品,引来了全场宾客的热烈掌声,把气氛推向了高潮。联欢会结束,意犹未尽的蔡兵邀请法国朋友去自己家做客,大家继续喝酒聊天作画。

"法国艺术周"拉开了蔡兵与法国画家交往的序幕。

1996年,上海美术馆办画展。开幕式结束,观众纷纷涌入展厅。其中有一对法国夫妇,在蔡兵的现代中国画作品前驻足良久。在外国人眼里,传统的中国画画法与风格大同小异。但这一幅画《春牛图》的构图、色彩以及抽象风格,与传统中国画大相径庭。

法国夫妇通过翻译找来了蔡兵。在翻译的介绍下,蔡兵惊喜地发现,这位法国先生竟然是当代绘画大师马赛尔·穆利(M.Mouly)!两人在蔡兵的作品前相遇,在蔡兵看来具有特别的意义。他们握手拥抱之后,通过翻译交流起来。

穆利表示出了对蔡兵画作的好奇。蔡兵告诉他,这是自己独创的

"现代中国画",现代中国画讲究的是"融"艺术,通过朦胧的、厚实的本原的艺术表现,产生视觉冲击力和艺术吸引力。蔡兵说,一幅一样题材的作品,但画法一定不能相同,要有个性,要画出内涵和特色。比如说:"一幅画挂在展厅,要有让参观者停下脚步的魅力。"

穆利笑了,他正是被蔡兵作品的魅力所吸引。

蔡兵赠送给穆利先生自己的签名本《蔡兵画集:现代中国画新作》。这是他在香港出版的第一本现代中国画作品集,封面四个字是刘海粟大师题写的。穆利打开画集,认真看着,脸上露出赞赏的表情。他比画着手势说,蔡兵的绘画改变了他对中国画固有的看法。"您的作品带来新的生机,具有独特个性,大胆色彩以及和谐,画面充满着激情。"

穆利继续说,绘画蕴含着相同的语言,艺术应当是属于全世界的。穆利说着,让夫人拿出他刚出版的画集《马赛尔·穆利画集》,要回赠给蔡兵。穆利为画集签名时,别出心裁地在空白内页上画了一幅画,画面是乘风破浪的帆船和冉冉升起的太阳。穆利边画边说:"让我们在浩瀚的艺术海洋中,撑起风帆共同前进!"翻译把穆利的话传神地转换成了汉语。

蔡兵收下了这一珍贵的礼物。

还有一位叫 Barrea 的法国画家,中文名叫"大平",他对蔡兵的现代中国画一见钟情。大平通过上海文联找到蔡兵,说要跟他学中国画,以作"近距离交流"。大平的意思,就是要住在蔡兵家里。

市文联给蔡兵分了一套位于浦东潍坊路的三室居所。住房虽然比以前宽敞多了,但蔡兵担心,如果大平来了,是否会感觉房间太小了?蔡兵想让法国朋友住旅馆,可大平说:"我是专程到中国画家家里,体验

穆利把《马赛尔·穆利画集》赠与蔡兵先生

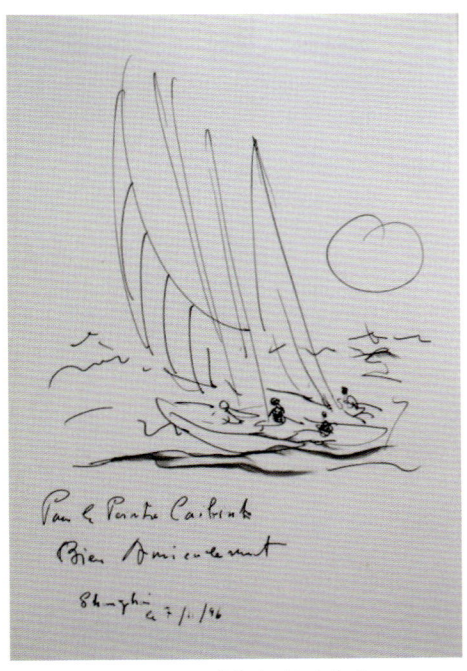

穆利在《马赛尔·穆利画集》扉页即兴绘画

真实生活和学习绘画的。"

蔡兵见大平如此说，就安排大平睡书房。他把缺了一只脚的沙发垫上木块，拉开后铺上干净的床单，搬出被褥，权作法国画家的睡榻。自此，沙发白天收起，晚上拉出，坐卧两用，大平客随主便，倒也习以为常。

蔡兵靠着在《英语900句》中学会的一点英语，与英语也一般的大平进行简单交流，另外再通过绘画交流。蔡兵陪大平参观上海博物馆，一边用英语交流，一边用绘画表示。游览东方明珠，先在纸片上画金茂大厦，然后再画明珠塔，并标出高度。去南京路，蔡兵画商业街两侧矗立的高楼大厦，画店铺门前的招牌，以及人头攒动的行人。这样的绘画语言，大平一看就明白了。大平有话要说，也喜欢以图说话。

去十六铺码头前，蔡兵画了黄浦江、轮船和外滩的建筑，喜得大平连声叫好。有些话，既无法用英文交流，又不能通过绘画表示，两人不约而同地采用肢体语言，搞得像滑稽演员一样。李晶莹见了，常常会忍俊不禁。总之，大平住在蔡兵家，基本上没有交流障碍。

每次外出回来，大平都喜欢在小本子上写上几笔。刚开始，蔡兵还以为他是在记日记，可当大平把当天的开销一分不差地交给他时，才恍然大悟。原来，两人外出，吃饭、坐车、门票、买东西，都是蔡兵付账。但大平会暗暗记下数目，回家后当天结清。蔡兵不肯收，说花不了多少钱，并说他是主人，按中国人的待客之道，要尽地主之谊的。大平说，在法国，大家都习惯"AA制"。一番太极拳似的比画后，蔡兵只得"笑纳"。

大平跟蔡兵学中国画，用的是中国毛笔、中国宣纸和中国墨彩。开始的时候，这种不同于西画的"中国画法"，让大平明显感到很别扭，尤其是中国式握笔，感觉像使用筷子一样难以把握。因此最初的绘画，宣纸上的花卉显得很稚拙。但大平毕竟功底扎实，半个月后，已经画了几十幅像模像样的中国画，其中对色彩的大胆运用，似得蔡兵精髓。

大平在蔡兵家住了近20天。在中国生活，尤其与蔡兵"近距离交流"，两人建立了亦师亦友的友谊。在学中国画的同时，大平感受到中国文化的无穷奥妙。回法国之前，大平提出要买蔡兵的画。别看他小钱算得精细，花起大钱来绝不含糊，出手就是美钞。大平说，蔡老师的画值得重金收藏。大平还委托蔡兵帮忙装裱他的"习作"，以便寄回法国。当然，他把裱画的钱预先付给了蔡兵。

蔡兵同法国画家的交往在继续。差不多20年后，即2014年，蔡兵创作了60多幅以"生存、环境与生命意识"为主题的系列油画，并以"华天"为艺名，出版油画集。这虽然是他第一次出版油画集，但却是他在探索多元化艺术的基础上，融入现代中国画元素的创作。油画集出版，引起画界关注。《中国收藏报》《联合时报》等媒体，纷纷以整版篇幅介绍蔡兵的油画。

法国客人为油画而来，蔡兵婉言谢绝，说正在筹备办油画展，这批油画暂不出售。虽然没有如愿以偿，但他们还是另有收获——成功收购两幅蔡兵的现代中国画。他们表示，蔡兵的现代中国画是东方绘画艺术的一大突破。

二、赵启正请蔡兵画两幅画

> 有人说我画画出手快，人家几个月才能画好的作品，我几天就完成了。其实这得益于我从小养成的习惯。比如，我通过速写的方法记日记，采用连环画的形式记录当天故事和细节。另外，我专注于绘画艺术，全身心投入创作，绘画已成为我生命的重要部分。
>
> ——蔡兵

20世纪80年代末，蔡兵移居浦东。1993年，浦东成立上海华夏书画院，蔡兵被推荐为院长，市美协主席沈柔坚任名誉主席，朱屺瞻、谢稚柳、吕蒙等著名画家任艺术顾问。其时浦东建设方兴未艾，蔡兵曾在《新闻晚报》反映当代重大工业题材画刊"彩笔描绘新上海"上发表《上海广播电视塔（东方明珠塔）》版画。任书画院院长后，他带领画家走出画院，去南浦大桥、东方明珠以及浦东各个在建项目的工地写生。除此之外，大家在一起切磋技艺、办书画展，把浦东的书画创作搞得风生水起。

1996年6月，蔡兵接到上海市副市长赵启正办公室打来的电话，说赵副市长请他画一幅画，要赠送给日本八佰伴国际集团总裁和田一夫总裁。八佰伴与上海第一百货公司合资，在浦东张杨路建造了上海第一八佰伴新世纪商厦，成为当时亚洲最大的百货商店。去年底八佰伴开业时，创下首日107万人次客流的世界纪录。当时的盛况，在现场的蔡兵历历在目。

蔡兵爽快地答应下来。

之后，华夏书画院理事长包明达来到蔡兵家，说八佰伴看好中国市场，打算把世界跨国公司八佰伴总部迁到浦东，赵启正副市长将代表上海市政府表示祝贺。包明达特别说明，赵启正是浦东开发领导小组副组长，特别要求蔡兵画一幅企鹅的中国画，作为贵重礼品送给和田先生。至于为什么要画企鹅，包明达解释，据说和田一夫喜欢企鹅，还听说他家里有专门用来饲养企鹅的玻璃冰屋。包明达见蔡兵若有所思地点点头，便加重语气说："市政府要求五天之内完成这幅画，而且要装裱好，配上镜框。"

蔡兵用力握住包明达的手，一切尽在不言中。他既兴奋又紧张。兴奋的是市政府把如此重要的光荣任务交给他，紧张的是创作时间太短，他从未研究过企鹅，更不用说画过企鹅。他明白，这将是一次特殊的创作之旅。

蔡兵立即投入创作前的准备。找企鹅的图片或文字资料，酝酿画面，定色调。为了在构图的表现形式上有新的艺术突破，他连续两个晚上没有睡好觉，直到第三天上午，才确定了构图。

蔡兵进入创作状态时，纸上的企鹅已在他心里活了起来。纸、笔、颜料，一一在案；情绪、心意、激情，已臻佳境。他采用现代中国画风格，创作企鹅画。笔和颜料，像有声有色的语言，笔锋恣意洒脱，线条与色彩，在纸上演化成生命——企鹅的艺术生命。

蔡兵全神贯注投入创作，几乎是一气呵成地完成了这幅题为《企鹅》的作品。他提前完成了任务。稍事休息后，他开始装裱，待装上镜框后，他长时间凝视着《企鹅》。淡蓝色基调的画面上，一大一小两只企鹅,在冰天雪地里迈着"企鹅步",看似笨拙,实则憨态可掬。企鹅与南极特有的自然环境,在画家的笔下完美融为一体。

赵启正派办公室的同志上门取画。蔡兵把《企鹅》送上车。来者对《企鹅》赞不绝口,请他一起去见赵副市长,他婉言谢绝。虽然他认为这幅画达到了他所期待的艺术高度,但他不知道赵启正是否满意。如果赵启正不满意,他在场的话,岂不难堪?

蔡兵惴惴不安地在家等消息,半小时后,电话响起。他没想到赵副市长会亲自打来电话,赵副市长在电话里说,他非常满意《企鹅》这幅画!他顿时心头一轻,像一块石头落了地。几天来的辛劳和心血,换来了成功的喜悦。

7月1日,和田一夫在上海第一八佰伴新世纪商厦宣布:八佰伴国际集团总部从香港移师上海浦东。当和田一夫从赵启正手里接过中国画家蔡兵特地为他创作的《企鹅》画时,喜出望外。他动情地说,愿自己成为第一个跃入海里探路的企鹅,这幅画,就是他所需要的"企鹅精神"。

两个月后,赵启正又委托蔡兵创作一幅画,说要作为市政府的礼品,祝贺浦东第一家五星级宾馆——上海新亚汤臣大酒店开业。这次,赵启正表示不作题材和主题限制,让蔡兵"自由发挥"。

这是蔡兵所希望的创作自由。他很快创作了一幅题为《一路凯歌/迎新》的现代中国画。画面上,一群大雁飞过天空,下面是大片待开发的处女地。《一路凯歌/迎新》与《企鹅》有异曲同工之妙,给人以广阔的艺术想象空间。

一个金色的秋日,上海新亚汤臣大酒店正式开业。蔡兵作为特邀嘉宾出席了开业典礼。赵副市长特地走到他面前，握住他的手说："这幅画具有时代气息，你的绘画创作融合了中西绘画之长，给人一种遐想。"赵副市长勉励他要创作更多更好的作品，为社会作出更大的贡献。

赵启正与蔡兵 1996年摄

三、名家题字

> 我绘画用的毛笔、宣纸、墨汁和颜料，都是国画家常用的传统用品，绘画工具和材料未作任何改变。我关注的是绘画本身，即中国文人画注重写意的特点，以及笔墨抒情的长处。我用这两种方法表达国内国外现代生活中的各种题材。
>
> ——蔡兵

2000 年，蔡兵夫妇从浦东落户闵行区莘庄地铁南广场。宽敞的复式大房子，使他同时拥有了书房和画室。这正是他所梦寐以求的。书房门楣挂着刘海粟的"朝显画室"匾额，画室门楣上则是谢稚柳的"朝夕斋"条幅。此外，他还珍藏着不少名家题字。

这些名家题字，大都得益于他在市美协负责国画组，有机会接触艺术大师。比如，他与谢稚柳有过一段难忘的交往。

谢稚柳头衔颇多，除了中国美协、中国书协理事及上海美协副主席外，他还在国家级文物保护、古代书画鉴定、文物鉴定等机构担任要职。

谢稚柳同是江苏常州人，因此蔡兵因美协的事去谢稚柳府上拜见时，总觉得特别亲切。但他仰慕谢稚柳，主要是因为大师的艺术成就。谢大师擅长书画及古书画鉴定，与张珩（张葱玉）齐名，有"北张南谢"之说。

谢稚柳丝毫没有大师的架子，他和夫人陈佩秋对小字辈的蔡兵很热情，这让蔡兵少了一分拘谨，多了一分亲近。蔡兵登门拜访，每逢谢稚柳在作画，就会静静地站在一旁细心揣摩。蔡兵去了几次，谢稚柳都是在画同一幅山水画。但他看得出，颜料的每一层涂抹，都有微妙的变化。颜色的深浅浓淡，层次的递进厚薄，远近的视觉变化，无不让蔡兵震撼和敬佩。

谢稚柳见他喜欢看自己画画，就问："平时工作很忙吧?你也画画吗?"蔡兵回答："我在美协工作，白天没有空，只能利用一早一晚的时间画画。"谢稚柳高兴地说："下次把你的画带来给我看看。"蔡兵喜出望外，说一定请谢大师指教。

几天后，蔡兵带了一本画集和几幅原作登门请教。大师仔细端详着蔡兵的画，频频点头，说年轻人有才气，作品多，看得出非常用功。大家聊着聊着，蔡兵受到鼓舞，见他心情好，适时提出："谢老，能否请您给我起个'斋名'呢?"好，谢大师欣然在案头铺开宣纸，略一凝思，提笔写下"朝夕斋"三个大字。

谢稚柳先生题写的"朝夕斋"条幅

谢稚柳落款后，语重心长地说："你很辛苦，利用朝夕时间作画，希望你只争朝夕，像牛耕田一样，起早摸黑耕耘，这样你的画才能得到大家的认可。"

谢大师的期望，给蔡兵注入了动力。自此，他以"朝夕"二字自勉，日夜勤奋画画，至今不断。

唐云是海派画家中的重要人物，诗书画造诣颇高，擅长中国画，花鸟、山水、人物，皆至妙境。他性格豪爽，志趣高远。

有一段时间，蔡兵为全国画展和上海画展的事，常常登门求教唐老。一来二往，两人成了忘年交。

唐老喜欢收藏茶壶，书房的柜子里，排列着造型各异、不同质地的茶壶。其中不少茶壶上的字画，是唐云刻制后送产地烧制的。

因此，蔡兵与唐云的话题除了书画，还有茶壶。有一次，唐云拿出一把品相奇特的壶，悠悠说道，壶呢，是有灵性的东西，需要养护。你经常抚摩茶壶，它就变得像玉石一样光洁温润。这样的壶握在手里，会产生同人体的温度相融的感觉。

蔡兵受到启发，闲暇之际，去宜兴产地选购茶壶泥坯，动手刻制。

唐云先生给蔡兵的题字 1993年

他有深厚的木刻功底，在壶身刻画刻字游刃有余，一刀下去，即成线条。他的"壶刻"，有意留下刻痕，烧制后，山水花木，粗犷质朴，与壶浑然一体。

那段时间，蔡兵和唐云、刘海粟、谢稚柳、朱屺瞻等海上画派大师，一同画壶画，刻壶画，送窑厂烧制后，销往广东、台湾和香港等地。海派画家刻制茶壶，一时成了上海画坛的一大趣事。

蔡兵出版《蔡兵画集》后，拿着画集去拜访唐云，唐云见封面上是刘海粟的题字，又见蔡兵的画颇有造诣，聊着聊着，兴之所至，挥毫写下"神游彩墨中"五个大字，并落款"蔡兵贤友属题　八十三翁唐云"。蔡兵心情激荡，大师级的唐云称他为贤友，于他何等荣幸！他躬身向唐云致谢。

唐云说："你画得不错，用色大胆。一般的山水画，很少有人大量用彩墨，而你却运用自如，很难得。所以赠你'神游彩墨中'几个字。"

蔡兵将唐云的条幅挂在墙上，作为鞭策自己的座右铭。那时候，他在探索现代中国画艺术上已初见端倪。此后，更是用功。

钱君匋是鲁迅先生的学生，也是装帧艺术的开拓者。他融书、画、印于一身，被誉为中国当代"一身精三艺，九十臻高峰"的艺术家。他的篆刻，上溯秦汉玺印，下取晚清诸家精髓，一生治印两万余方。

这样的大家，一般人很难进钱府的大门。钱君匋的夫人俨然是一位"守门员"，轻易不让人进门。一次，蔡兵受美协之托，邀请钱君匋参加笔会，他事先电话预约，得到钱夫人应允后才上门。到了钱府，夫人在门口把关，问明情由后才"放行"。

这样去了几次，蔡兵同钱君匋熟悉了，夫人才不再"把关"。一次，

钱君匋先生给蔡兵的题字

蔡兵请钱老谈谈他的现代中国画。钱君匋这样评价："你画的东西有传统的，也有西洋的。到底是年轻人，画画没有禁锢。我们年纪大的人，也要吸收新的东西。"他还颇有兴致地写下"笔彩墨韵"四个大字，落款则是"蔡兵画友属　钱君匋九十岁"。

九十高龄的钱君匋称他"画友"，大师的胸怀与大气，令蔡兵十分动容。蔡兵珍藏着这幅墨宝，更珍藏着这份情谊。

赵冷月的书法艺术被人喻为"厚厚的一本书"。他的书法由帖入碑，碑帖结合，作品浑厚潇洒，点画凝练，顿挫起伏，如千里浮云，气势壮阔。到了晚年，他提出"丑就是美"的稚拙艺术观，更是在书坛独树一帜。他看了蔡兵的现代中国画，感觉他的字和蔡兵的画有共同之处，因为都喜欢打破传统束缚，另辟蹊径。

一日，他约蔡兵到他位于成都路的家里。闲谈中，童心未泯的赵老想同蔡兵做一笔"交易"。两人都是搞艺术的，一个是画，另一个是书法。赵老说："你给我画，我给你字，好吗?"蔡兵想，赵老是大师，他的字有很高的价值，自己的画怎么可能与他的字相提并论?踌躇间，赵老已起身给蔡兵写下"笔禅墨韵"四字，落款是"蔡兵画师雅属 长水赵冷月年八十"。这幅字字体返璞归真，像儿童体，但笔笔厚重，力透纸背。蔡兵明白，赵老称他为画师，是对后辈的鼓励，也是对他的鞭策。事后，蔡兵上门拜谢，送了一幅自己喜欢的画给赵老。

为蔡兵题字的还有王个簃、费新我、刘旦宅、吴青霞、胡文遂、朱屺瞻、沈柔坚、吕蒙、刘文西、周慧珺等文化名人。每个题字的背后都有一个感人的故事。名家的题字，让蔡兵的居所溢满浓浓的翰墨书香味，而字句所蕴含的褒奖，鞭策着他在绘画领域奋蹄奔腾。

四、《现代清明上河图》

> 我从艺至今,依然怀有一颗年轻的心。我绘画时激情澎湃,把对生活的情感、时代的感悟和艺术的敏感倾注在作品中,形成自己独特的艺术风格。
>
> ——蔡兵

在美术界,蔡兵有"爱国画家""多产画家"之称,戏称他"光荣妈妈"的也大有人在。"光荣妈妈"是指他"多产"。事实正是如此,蔡兵嗜画如命,几乎不可一日冷落画笔。

20世纪90年代,蔡兵分配到浦东一套三房的房子,让他很是欣喜,因为他可以拥有真正的画室。他亲自动手设计装修图,装修风格和要求一丝不苟。多日之后,当他检视装修完毕的新家,忽然"技痒"。但现在,房间不可能画壁画,画室已被工作台和书架占用,唯一可以画的客厅,也要挂书画作品的——除了天花板。米开朗基罗的壁画《创世记》,就是画在梵蒂冈西斯廷教堂天顶上的。他突发奇想,何不把画画在客厅天花板上?说动手就动手,他找来一架木梯,开始在天花板上涂抹。仰着脑袋在天花板上画画,难度超出了他的想象。才一会儿工夫,腰酸背痛不说,脖子更是酸痛僵硬。他不得不在梯子上爬上爬下,硬是折腾了好些日子。最后一次爬下木梯,10多个平方米的天花板上,出现了一幅色彩辉煌的《敦煌壁画》。

乔迁新居,自然有朋友上门贺喜。天花板上的壁画,一时成了新房装修的"奇观"。直到2000年,蔡兵一家搬迁至闵行区,他才连同旧居，把壁画留给了新的居住者。

蔡兵生活在浦东新区，与这片举世瞩目的热土结下了深厚情谊。他是浦东文化名人，又是新区政协委员，目睹浦东新区日新月异的建设速度，他自觉有责任用画笔表现新城的巨变。他深入浦东新区的各个景点，画了大量的速写，积累了丰富的创作素材。他见证着浦东的发展，每有国内外友人来看他时，都热情地介绍浦东的发展和未来，人们称他是"爱国艺术家"。

之后，蔡兵创作了《建设中的东方明珠》《南浦大桥工地》《东方的晨曦》《通向新世纪的路》《璀璨明珠不夜天》《蒸蒸日上摩天城》等一系列现代中国画和大量速写。浦东处于改革开放的前沿，正日益吸引着世界的目光。蔡兵敏锐地意识到开发中的浦东不仅是上海的，也是中国的，并具有世界意义。因此，浦东开发是中国的鸿篇巨制，作为绘画作品，非全景式的长卷不能匹配。

蔡兵开始酝酿新浦东画卷的鸿篇巨制。

对蔡兵来说，这是他艺术生涯前所未有的挑战。为此，他全身心投入创作前的准备工作。从收集素材、实地考察到选择题材、构思画面，一路风尘，潜心创作。

浦东新区宣传部邀请蔡兵等文化界人士座谈，主题是关于如何宣传浦东开发开放15周年。部长、副部长参加座谈，还请来了电视台的记者。记者直言不讳地说："浦东不像深圳，人家有歌曲、小说、电视剧……我们至今浦东还没有像样的力作。"这话说得宣传部长脸上有点挂不住，便将目光投向在座的众人，大家都热闹地议论开了。

蔡兵见此，接上话头：听说浦东文献中心的外墙，有四块墙面需要制作四幅装饰壁画?见部长点头,他快人快语:我正在创作《东上海的乐章》,是现代装饰版画。众人眼睛一亮,纷纷把目光投向他。蔡兵解释说,《东上海的乐章》像贝多芬的交响乐,分四个章节,每个章节有8个小节,一共32幅画——东方明珠、浦东机场、现代化农业、川沙名人故居等主要景点,都将展现在组画中。

蔡兵的一番话,说得在场的人心情激动。领导走到蔡兵面前,递上名片说:"这是我的名片,有什么困难,你可以随时联系我。作品出来,新书发布会,我给你搞宣传浦东开发开放15周年个人展览会。"

天时地利人和。蔡兵精神抖擞,一头扑在创作上,夜以继日。一日,他正创作着,脑海里忽然掠过一道灵光:北宋繁华的京城汴梁可以有《清明上河图》,现代上海浦东欣欣向荣的繁华景象就是一幅"现代清明上河图"。

如此联想,他顿时心潮澎湃,创作之势如同大河奔涌,纷至沓来的灵感,大气磅礴的构图,催动他手中的画笔,一幅幅画作在他笔下诞生。

日月交替,冬去春来。蔡兵用时一年,终于完成了《东上海的乐章》的全部创作。

《东上海的乐章》现代装饰版画全长15.52米,长卷共分四个乐章,每一乐章由8个单元组成。第一乐章"黄浦江的东岸",以东方明珠塔、金茂大厦等建筑群以及滨江大道为标志,同时展现南浦大桥沿岸未来世博会的远景;第二乐章"浦东的心脏",以浦东新区行政大楼以及陆家嘴金融贸易区为标志,同时展现上海科技馆、世纪公园、磁悬浮列车等,背景有卢浦大桥、航运等新景;第三乐章"经济的命脉",以杨浦大桥为浦江两岸连接点，展现外高桥保税自由贸易区、张江高科技园区等各处园景；第四乐章"敞开的胸怀"，以浦东国际机场、跨海大桥等宏伟设施为标志。当时"世博园"在逐步开建，洋山深水港还没有，东方艺术中心还在建设中……许多都超前按照规划设计在画面中。

《现代清明上河图——东上海的乐章》叙述了浦东的昨天、今天和明天，表现了浦东新区特有的城市空间之美，诠释了浦东人对社会、经济、生活的美好愿景。整幅长卷作品仿佛是一部雄伟壮丽的交响曲，强调乐章与乐章之间的节奏感，单元与单元的韵律感。蔡兵以敏锐的视觉语言，营造了一座新兴城市的宏大空间。画卷以概括和抽象的手法，把城市五光十色的构造最大限度地简化为黑白两大元素。版画的造型，简明的色调，严谨的构图，自由奔放的布局，极富韵律感的点、线、面巧妙穿插与交织，产生了生机勃勃的艺术魅力。

2005年4月20日至26日，恰逢浦东新区开发开放十五周年期间，由浦东新区宣传部主办的"献给上海浦东开发开放十五周年'浦东交响曲——蔡兵美术作品展览'"，在新区图书馆展览厅如期举办。展厅展出了蔡兵88幅作品，除了《东上海的乐章》，其他作品大都与浦东题材有关。如《东上海的曙光》《希望的土地上》《世纪大道》《东方路工地》《通向世纪的路》。

蔡兵作品展轰动了浦江两岸，吸引了远道而来的参观者。尤其是《现代清明上河图——东上海的乐章》组画，仿佛一道视觉大餐，不同肤色、不同语言的参观者在此流连忘返，驻足留影。

《文汇报》于4月14日抢先刊出专访《妙笔长卷绘浦东》；4月18日，《解放日报》刊登了题为《浦东乐章——现代"清明上河图"》

的报道，并配上整套作品和作者照片；《新民晚报》的专访以《蔡兵与"浦东的乐章"》为题，配以第一乐章黄浦江的东岸局部画面；《新民周刊》杂志除刊登《"放大"看浦东》文章外，还用丝绸制成精致的浓缩版页，一亮相即成为抢手礼品；《浦东开发杂志》的专访题目则是《挥就东上海的绚丽长卷》。此外，中国和国际网站转发的新闻报道和画稿，不计其数。

香港开益出版社编辑闻讯赶来，抢先出版了《蔡兵新作〈现代清明上河图〉——东上海的乐章》画册。

展览会圆满落幕，浦东新区领导向蔡兵举杯庆贺，为他对浦东新区文化建设作出的特殊贡献深表谢意。蔡兵则谦虚地表示，描绘浦东，创作《东上海的乐章》，既是他作为画家的责任，又缘于他对这片热土难以割舍的情结。

这一年，蔡兵荣获"上海市浦东新区政府最高年度文化艺术基金奖"。

五、画坛父女

> 蔡文的画,像我又不像我。她的画,在我的艺术特色基础上,糅进了日本画的元素,最后形成自己的风格。但有一点我们是共同的:具有创新意识,富有开创性。
>
> ——蔡兵

蔡兵与蔡文,一对父女画家。

蔡文出生在画家家庭,从小耳濡目染,很早就开始涂鸦。她喜欢在练习本上画小脑袋里出现的奇异景象。比如太阳是方的,四射的光芒,是女孩子的睫毛和老爷爷的胡子。又比如树叶是红色的,因为"太阳照在树上,叶子变红了"。画穿连衣裙的小公主,脑袋两侧垂着长长的辫子,辫梢上扎的不是蝴蝶结,而是挂着两块曲奇饼干。

蔡兵惊喜于女儿的想象力。儿童想象中的世界充满童趣和奇幻,相较而言,大人眼中的世界再怎么有想象力都太现实了。他在辅导女儿打"童子功"的同时,鼓励女儿随心所欲地"创造"。每当女儿的"涂鸦"有新意时,他就让她参加国内儿童作品画展。

比起蔡兵小时候学画画,蔡文是幸运的。在父亲的引导下,女儿的绘画潜质得到了开发。基本功与想象力相得益彰的融合,童心世界的自由发挥,让蔡文有了一个快乐成长的童年。

蔡文上学后,父亲对她的要求是,不强求分数,但看重天赋的发挥。蔡兵对蔡文的绘画教育与众不同。记得住在潍坊路的时候,隔壁有一户人家,父亲是音乐家,天天逼着儿子学钢琴。儿子不喜欢音乐,父

蔡兵教女儿蔡文学画画 1976年摄

亲越是严格，他越是逆反。母亲拿他没有办法，就向李晶莹诉苦。一天，孩子到蔡兵家玩，看见蔡伯伯在画画，感到非常神奇。这以后，孩子就经常来看蔡伯伯画画，看蔡伯伯教蔡文画画，看着看着就入迷了。蔡兵就问他，是不是也喜欢画画？孩子连连点头，说喜欢喜欢。蔡兵就对他母亲说，既然孩子喜欢画画，就让他学画吧。

蔡兵的教学方法别具一格，孩子学得非常投入。原来坐几分钟就不行，现在学画画，一坐就是近两个小时。他母亲见儿子有绘画潜质，一改初衷，鼓励他走绘画的路子。如今，孩子已经长大，从事的职业是美术设计。

蔡兵朋友的儿子阿伟很调皮，还有多动症。到蔡兵这里来学画之前，画图在班级里排名30名之后。第一次跟蔡兵学画时，蔡兵画了一幅水彩画，规定他按照这幅画每周临摹一张画。阿伟每临摹一张画，都得到了蔡兵的表扬，就很有成就感。渐渐的，阿伟的画越来越像模像样。一次学校上美术课，老师布置了"唐诗诗意画"的作业。过了几天，其他同学的作业都发还本人了，唯有阿伟的画不见下落。又过了几天，阿伟下课时路过老师办公室，发现他的画被老师装裱好后，挂在了老师办公室墙上，这让他又惊又喜。同学们知道后，不相信是他画的。他当场就画了一幅画，同学这才对他刮目相看。他母亲说："阿伟现在懂礼貌了，变文静了，行为举止也大为改观。因为他找到了蔡兵这位好老师。"

蔡兵对蔡文的指导一直没有断。初二时，蔡兵见女儿读书不太上心，画画也不像以前那么专心，催急了，就会"发嗲"。蔡兵知道自己太宝贝女儿，如果继续教她画画，她会"发嗲"，说不定还会"捣糨糊"。因此他请了美术学校校长的夫人，晚上和周末教女儿画画。

校长夫人对蔡文要求很严，蔡文自此专心学画。她从小跟父亲学画画，悟性高，基本功扎实，现在又经校长夫人从严指导和父亲悉心点拨，绘画水平突飞猛进。

那时高考，艺术学院比其他院校提前两个月进行专业考试。蔡文美术专业考试通过了，回家向爸爸妈妈报喜。蔡兵提醒说："艺术考试通过了，文化课考不好，照样进不了校门。"

为此，蔡兵请了家庭教师为女儿补文化课。蔡文原本聪明，接受能力强，潜心学习，成绩明显提高。1988年，蔡文考上了上海工艺美术学校。

第二年，蔡兵远赴日本大阪开个人画展。画展期间，蔡兵的画作很受日本观众欢迎。有观众出题材让蔡兵当场作画，一睹一幅画的创作过程。西野幸生是政府议员，酷爱中国古诗和中国画。他早年去过上海，参观过蔡兵的画展，珍藏过蔡兵的画，并与蔡兵合影留念。西野回国后，两人保持通信联系，他还寄来了合影照片。

西野得知蔡兵在大阪办画展，特地从名古屋赶来与老朋友见面。两人相谈甚欢，闲聊中，西野得知蔡兵女儿在美校读书，建议毕业后让她来日本读大学，他可以作担保人。蔡兵感谢西野的一片诚意，但并没有把这事放在心上。回国后，他收到西野的信，西野在信上问及蔡兵女儿留学日本的事，蔡兵至此才感到西野此言不虚。

20世纪80年代，中国掀起"巴拉巴拉东渡"潮。1991年，蔡文美校毕业，在西野幸生的担保下，办妥赴日手续，到日本名古屋先学习语言。临行前，蔡兵将所能收集到的注意事项一一写在纸上，让女儿背诵记熟。他特别要女儿记住日本的风俗习惯，不可有丝毫偏差和马虎。李晶莹心疼女儿，舍不得让女儿走，再三关照，如果觉得不适应或者有压力，随时回国，就当去旅游一回。

西野幸生兑现诺言，把蔡文接到家里，给她一间单独的房间居住。安顿好以后，西野夫妇又带她出去逛街，熟悉从住地到学校的路线，并教她如何使用银行卡。

西野和夫人对蔡文很照顾，蔡文住了两个月后，就在学校附近租了一间小屋。这样，她省出了时间，就找了一份在咖啡馆打工的活。工作期间，她注意听日本顾客说话，在日语环境中锻炼自己听与说的能力。她像父亲那样，注意观察各种人物举止神态，晚上回到住处提笔画速写。

蔡文拿到了平生第一份 8 万日元薪水。她含着喜悦的泪花，写信告诉爸爸妈妈，说她的月收入足以支付每月的房租和生活费用。

读着女儿的信，蔡兵和李晶莹深感欣慰。女儿从小没有独立生活过，现在独自在外打拼，想不到生活能力很强。他们放心了。

蔡文从语言学校毕业后，考上了名古屋艺术大学。有个中国学生担心她年龄太小，签证会有困难。蔡文说，她年龄小是因为成绩优秀跳级升学。果然，她签证很顺利。

蔡文大学毕业后，考上硕士生。在日本，她又一次拿到了"艺术家签证"。她还拿到了美国学校的推荐信，她的人生进入新阶段，她作为"东西方绘画艺术画廊"艺术家，开始在日本巡回讲课。此时，她的日语读与说已非常流利，用日语讲课完全没有问题。她在日本知名度很快提高，被聘为居住地区的"名誉邮电局长"，同邮电系统的官员一起开会、交流、进餐。此事还被日本报纸和电台报道过。

这期间，蔡兵应邀到名古屋艺术大学授课，蔡文也受邀在此做成人视听教育。学校有十几个艺术类班级可供学生选择。参加视听教育的学生大都是政界、商界人士的太太。开始，大家以为是画家蔡兵讲课，谁知讲课的是蔡文。有人见她年轻资历浅，就悄悄开溜。可转了一圈见没有更吸引人的讲座，又回到蔡文这里。这时，蔡文边讲边在画板上现场作画，半途回来的人一坐下，就被吸引住了。蔡文的上课方式得益于父亲，但她在此基础上又有发展。她预先画好一张画，复印后发给学生，然后在课堂上，当场在空白纸上演示如何画这幅画。学生手中有画稿，眼睛看作画，等于是老师手把手教他们画画。

听课的学生像传声筒，把蔡文特殊的授课方法传播开了。蔡文的教室很快座无虚席，成为十几个班级中学生最多的教室。

蔡文与父亲联系密切，经常把国际美术界的最新信息传给父亲。蔡兵见女儿在名古屋开创出一番成绩，也经常带着新作品去看望女儿。他把在绘画艺术上的探索成果传授给女儿。比如说，蔡兵画了一张画，阳光下的原野，一个妇女抱着孩子行走的侧影。画稿完成后，他仔细琢磨，发现有点问题——人家会猜想，这女人独自抱着孩子去哪里？是和丈夫生气了回娘家，还是被男人抛弃了？这样一琢磨，他就在画上加了一个男子，面向妇女孩子，迫切地走来。画面上立刻呈现出一家人其乐融融的情景。

蔡兵告诉女儿，画画一定要有自己想表达的思想，艺术上要大胆尝试，不断探索，这样才有可能创作出世界级的作品。蔡兵说，现代绘画是立交桥式的，他创作的现代中国画，融中西绘画艺术为一体，吸收版画的简练、概括、线条和块面的特点，使作品具有装饰风格和现代意识。正如谢稚柳先生曾赞赏的，他的画"既有中国画的传统线条，又有西画的块面和色彩，达到了完美的境界"。说到色彩，他告诉女儿，他把水彩、水粉等颜料融入中国画的墨韵之中，造成色彩绚丽炫目的效果。这样的着色方法是独一无二的，别人无法模仿。

蔡文深得父亲言传身教，同样具备"创新、朝前"的秉性。她的画

片山宏教授在蔡兵父女画展上（右）1997年摄

在继承蔡兵艺术特色的基础上，又融合了日本画的元素，在日本艺术市场很受欢迎。

片山宏教授很赏识和器重这个娇小的中国女画家。而来自中国的画坛父女，在艺术上和而不同，相得益彰，在日本画界传为美谈。片山宏教授建议，为他们举办"父女联展"。

在片山宏等画家的鼎力相助下，蔡兵、蔡文父女绘画联展如期在名古屋举办。展览期间，宾客盈门，媒体纷纷予以报道。联展结束，蔡兵被名古屋艺术大学聘为客座教授，并颁发了研究员证书。

六、欧洲游历记

> 我研究了凡高、塞尚、毕加索、马蒂斯、鲁奥、菲拉芒克、维亚尔等大师的作品，发现世界上任何国家与民族的绘画韵味是相通的。这也是我的现代中国画成功的首要原因。
>
> ——蔡兵

蔡兵喜欢静，也喜欢动。静是绘画，动则主要是旅游。一动一静，构成了他交相辉映的艺术人生。

蔡兵通过旅游开阔眼界，增长见识，积累创作素材。他的足迹几乎遍及全国各地，也去过30多个国家。他特别喜欢欧洲具有文艺复兴时期的人文景观，那里的历史遗迹、古城堡、古镇、教堂、海港、湖泊、雪山以及风土人情，无不触发他的创作灵感。

蔡兵周游列国，仍然保持了随身携带速写本的习惯。他所到之处，兴之所至，将摄入眼中的景物一一描摹。他的不少海外作品，是在旅途速写的基础上提炼而成的。

他在法国老街写生，回国后创作的《法国老街》即是一例。画面上，尖顶的阁楼，悬挂于店前的圆形灯箱招牌，高高低低的老式铁制灯盏；法国街头人头攒动，倚墙而立的街头音乐人，行囊悠闲的旅人，涌入小巷深处的红男绿女——这幅后来刊于《人民画报》《全球华人艺术巨匠画集》《当代艺术作品画集》以及《中华文化大使画集》等画册的作品，在画家的视觉中，弥漫着异域文化底蕴的尘世现场，风物人情。

游览德国，童话般的天鹅堡、和平象征的勃兰登堡门、科隆大教

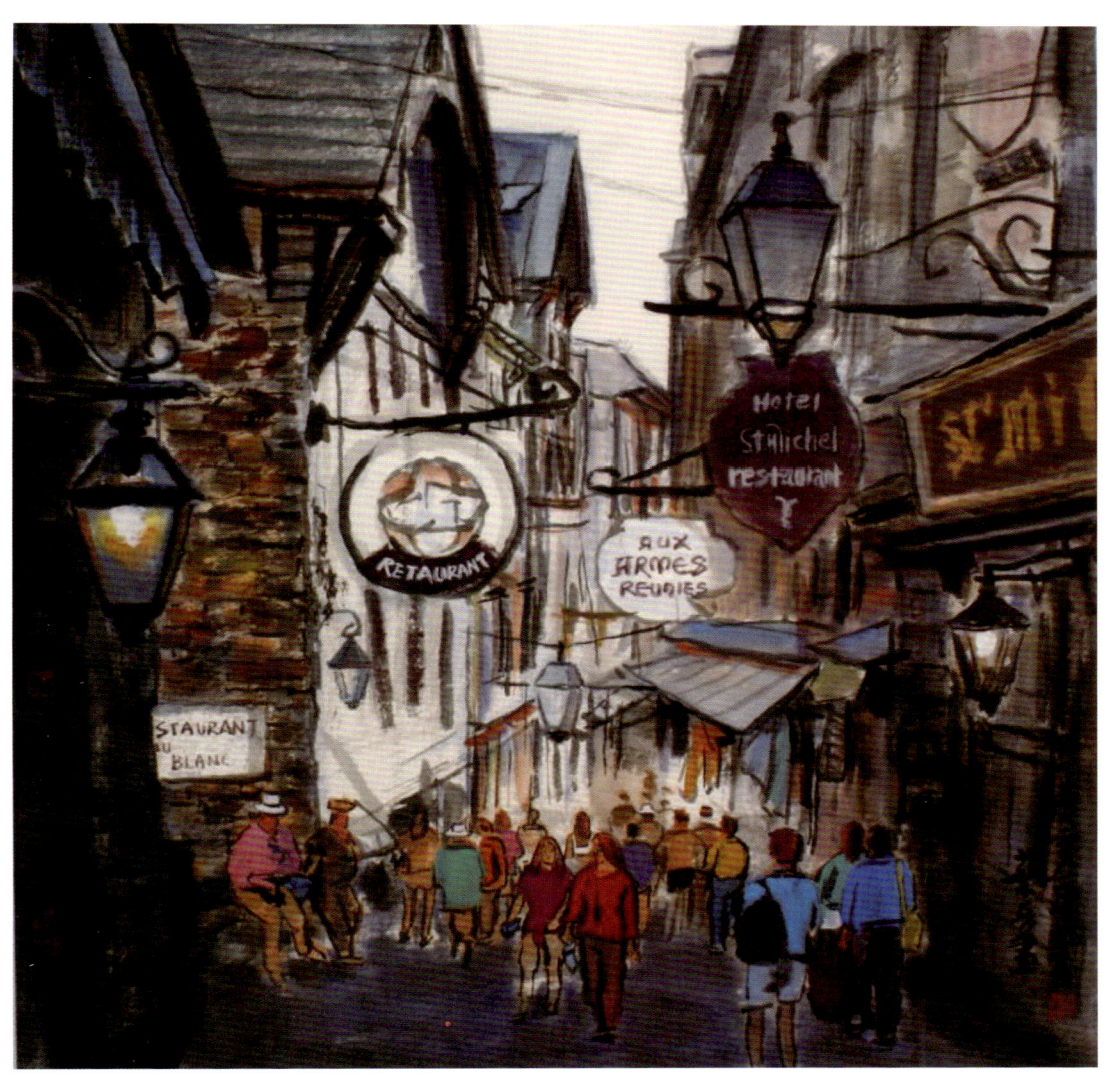

法国老街（现代中国画） 蔡兵2010年作

堂，莱茵河两岸的古堡，还有充满音乐节奏感的方格子几何图形的小房子，都赋予蔡兵以灵感。他先后创作了两幅同题《德国街景》。一幅用笔自然豪放，色彩对比明亮的现代中国画，呈现了河边酒吧游人悠闲享乐的画面。而另一幅采用德国风格的线条与块面创作的《德国街景》，仿如有"小威尼斯"之称的班贝格街面的现场写生。

意大利则是另一种风情，尤其是威尼斯。很久以前，蔡兵就向往这座水上的历史文化名城。徜徉于威尼斯，他一边享受威尼斯的柔情与浪漫，一边寻觅创作素材和元素。一日，他在一座小桥边写生，他的侧后，三步之外，一位棕黄色头发、留着大胡子的中年人，一直在关注蔡兵写生。开始的时候，蔡兵没有在意，当他偶尔扭头，两人目光相对时，双方微笑着点点头，算是认识了。中年人走上前，指着他的画，一边比画，一边说着什么。蔡兵虽然听不懂他的话，但通过手势明白他也是画画的。果然，中年人随后递上一本速写本。蔡兵欣赏着用油画棒画的速写，感觉他的速写画法轻松，线条流畅，构图老到，与自己的画风很相似。两人无法用语言交流，就借助肢体语言传递对各自的赞美。两人互递名片，蔡兵这才知道，对方是德国版画家费利克斯（Felix）。蔡兵也是版画出身，自然有了他乡遇故知之感。

在威尼斯圣马可广场，圣马可教堂的宏伟建筑以及内部的富丽堂皇与奢华，令蔡兵大开眼界。其后创作的《意大利风情》，把圣马可教堂置于河流彼岸，此岸则是半为室内半是露天的咖啡座，独特的视角，凸现了圣马可广场千姿百态、风格迥异的风情。整幅作品用笔大胆，看似随意又不失线条与墨彩的严谨与统一，画面的处理与作品主题相得益彰，令人有身临其境之感。《罗马遗址》把古罗马露天竞技场遗址推到

德国街景（现代中国画） 蔡兵2012年作

德国街景局部（现代中国画） 蔡兵2012年作

近景，高大的古建筑之下是观光的现代红男绿女。仿佛，在时间的两端，有一条时光隧道，穿梭于岁月沧桑与日月交替之间，远古传奇与现世凭吊，勾连成震撼心灵的古罗马文化的独特魅力。

瑞士苏黎世，湖上的花园城市。清晨，蔡兵沿着利马特河散步。精心修剪的花园，鲜花绿草与建筑物交相辉映。源自苏黎世湖的利马特河两岸，到处可见巍峨的教堂建筑。古老的圣彼得大教堂，散发着浓厚的中世纪气息，而格罗斯大教堂，则以其独特的双塔楼成为苏黎世的象征。旧市区之外的瑞士国立博物馆、市立美术馆、苏黎世歌剧院，使苏黎世充满了独特的人文魅力。传统文化与现代艺术的完美结合，迸发了蔡兵的创作激情。2010年，他创作了现代中国画《黎明灯影》。在这幅作品里，画家通过单纯朴实的用色，流畅蜿蜒的线条，奇幻的蒙太奇技法，融入了情、思、悟、理之意象，与苏黎世黎明时分的静谧、安详、古朴、神秘丝丝入扣。作品视域高远，气象辽阔，河流、城市、天空相互衬映，静动有致，给人以强大的艺术冲击力。次年，《黎明灯影》入选中国美术馆"蔡兵现代中国画画展"。

罗马遗址（现代中国画） 蔡兵2000年作

七、美国之行

> 我想象拉斯维加斯这个地方，是如何从沙漠里的小村庄，变成纸醉金迷、光怪陆离的国际赌城。在这个多元化的城市里，我深刻感受到世界是开放多样的，生活是五光十色的。画家要善于发现不同国家的时代性、异同性和包容性，然后创作高于现实的作品。
>
> ——蔡兵

蔡兵去美国的动因，源于美国收藏家 Patrick Athol 先生。早在 1986 年，美国东西方画廊邀请蔡兵来芝加哥参加画展。蔡兵没有去画展现场，但他展出的 30 多幅版画作品，其中有 20 多幅被收藏。Patrick Athol 先生至此对蔡兵的作品情有独钟，收藏了不少蔡兵的现代中国画、版画、插图和绘有蔡兵作品的瓷盘瓷瓶。1996 年，蔡兵登上了美国传记中心"世界名人录"。2001 年，Patrick Athol 先生特地从美国飞到上海找蔡兵。这次，他看中了蔡兵的一尊手绘烧制瓷瓶。收藏家对这尊 35cm×40cm 的瓷瓶爱不释手，当即买下。

为了安全地把这尊心爱的收藏品带回美国，Patrick Athol 先生亲自打包，检查多遍后，自感万无一失，才抱着瓷瓶亲吻了一下。他快乐地告诉蔡兵："我要把它当成自己的宝贝孩子，捧着它上飞机。""60 多岁的人了，言谈举止像个天真可爱的孩子。"蔡兵后来回忆道。

临别那天，Patrick Athol 先生盛情邀请蔡兵夫妇去美国。"我准备安排您在博物馆开讲座，"他说，"我还要为您办'蔡兵艺术作品展'。"Patrick Athol 先生的安排还包括游览美国五大城市和夏威夷。

美国旧金山（现代中国画） 蔡兵2015年作

蔡兵愉快地接受了邀请，并着手准备美国之行。意外的是，美国发生了"9·11事件"。这一恐怖袭击事件对美国乃至全世界产生了巨大影响。对蔡兵来说，最直接的影响就是赴美申请被拒签。不久，Patrick Athol先生因糖尿病恶化，不幸离世。蔡兵的美国之行最终"泡汤"。

若干年后，蔡兵夫妇的美国之行终于启程。在美国的日子里，他们去了华盛顿、纽约、洛杉矶、费城、旧金山、西雅图和亚特兰大，还去了拉斯维加斯和夏威夷，甚至去了加拿大的几个城市。旅程是漫长的，仅在纽约，他们就逗留了好几天。纽约的证券交易所、帝国大厦、克莱斯勒大厦、世界贸易中心大楼遗址都留有他们的身影，而众多的博物馆、美术馆、图书馆和艺术中心则让蔡兵大开眼界。文化无处不在，艺术贵在创新，先锋领引潮流，风格崇尚个性。

蔡兵的美国之行留下了无数幅速写。其中有一幅速写，画面上是纽约第五大道中央大道的街景。"当时，我看见那里高楼林立，商店繁华，世界品牌琳琅满目，抑制不住冲动，当场就画了这幅速写。"蔡兵回国后，以此为蓝本创作了《纽约街景》。

这幅具有典型风格的现代中国画《纽约街景》，构图紧凑饱满，画面上大小不一的几何图形，自由分割而又有机组合，凸现了线条与块面之间的节奏感。蔡兵通过描绘有"站着的城市"之称的纽约，表现出对国际化大都市的思考：拥挤的高楼之间，蓝天逼仄。

而他的《拉斯维加斯夜景》，则以浓墨重彩的笔触勾勒了光怪陆离的赌城之夜。画面采用冷暖对比的色彩，动感十足的线面组合，刻画了欲望下的现代魔力。

拉斯维加斯夜景（现代中国画） 蔡兵2013年作

美国之行，让蔡兵津津乐道的还有一个故事。那天在纽约时代广场，颇有艺术家风度的蔡兵吸引了新闻媒体的注目。当得知蔡兵是来自中国上海的画家时，新闻镜头对准了蔡兵夫妇。现场采访让蔡兵神采飞扬，当广场上巨大的电子屏幕出现蔡兵夫妇的身影时，他深感作为中国人的自豪。后来他对朋友说："我们上了时代广场电子屏幕，展示了我们的形象。"

八、《大师之路：朱德群　蔡兵画集》

> 我喜欢从平面形式和装饰中，寻找使作品更具时代艺术的当今性与丰富性。从现代表现形式与传统艺术手法的相容和变异中，探索新艺术风格或者流派的可能性。
>
> ——蔡兵

2011年初，中国文联出版社编辑向蔡兵发出邀请，想出版《大师之路：朱德群　蔡兵画集》。蔡兵心里一动，朱德群是世界华人画家三杰之一，能与他合出画集，是何等的荣耀。

在这之前，蔡兵同不少名画家一同出版过合集。如2010年出版的《中华文化大使》（吴冠中、蔡兵、赵杰、刘大为、潘公凯）；《中国画坛十大领军人物》等。蔡兵觉得，也许正是自己与画家相得益彰的作品合集，引起了朱德群对这一出版形式的兴趣。

编辑告诉蔡兵，朱德群老先生在一次谈论出版画册时，说他自己的绘画艺术兼备东方艺术的温婉细腻与西方绘画的浓烈粗犷，融合了中国文化背景与历史传承。朱德群表示，如果同国内有类似风格的国画家合出一本画集，一定很有意思。因此，出版社遵照朱德群的意见，在全国寻找这样的国画家。"我们认为，您的现代中国画与朱德群的油画，虽然画种不同，但是画风相吻合。如果两人合出画集，有异曲同工之妙。"编辑如此说。

蔡兵研究过朱德群先生的画，他的抽象油画，带有中国画的技法和韵味，与自己的现代中国画有许多相同共存的东西。他问编辑："选我，朱老先生是否知道？"编辑说："他现在在法国，我们已经把您的简历和作品

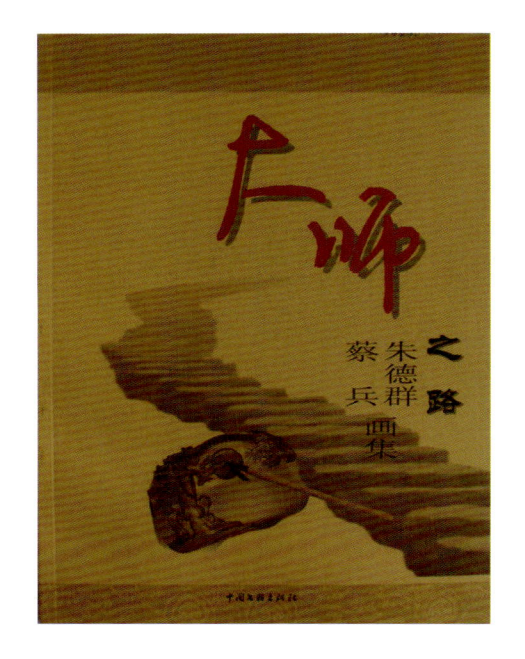

大师之路（封面） 中国文联出版社 2011年

用 E-mail 发给他了。老先生很满意，已经同意了。"编辑把朱德群的邮箱地址给了蔡兵，让他与老先生直接联系。

蔡兵给朱德群发了邮件，并发了几幅新创作的作品。朱德群收到后很高兴，回信说："从简历上看你今年的年纪69岁，比我小23岁。可从你的作品看出，画家有很高的思想融合和提炼，发挥了自己的想象力，有很高的艺术修养，其深刻的内涵流露于画面上。因此，你的现代中国画和我的油画抽象画不谋而合。"

对此，蔡兵回复道："我是你的晚辈，请老前辈多多指教，如能与你一同出版画集，是我艺术上的莫大荣幸……"

朱德群先生是现代油画大师，著名的法籍华人艺术家，法兰西学院艺术院终身院士。他的绘画作品超脱具象的束缚，构造了抽象的广阔空间。他的油画，表现出水彩的轻盈流动与焦墨枯笔的深沉，蕴含了中国文化的恢宏气度。

因此，蔡兵在考虑自己作品时，着重挑选描绘人与自然的关系并体现独特艺术个性的作品，以力求接近朱德群的画风。挑选的作品其中包括《墙面》《动的韵力》《山谷放彩》《都市魔方》。

《大师之路：朱德群　蔡兵画集》顺利出版。朱德群的抽象油画与蔡兵的现代中国画，艺术表现上殊途同归。二人合集，相映生辉。这在美术界，具有比较艺术学意义。

九、"蔡兵现代中国画展"(一)

> 现代中国画艺术蕴含了丰富的哲学意念,以天人合一的艺术思维方式,通过绘画者的气、韵、思、景、笔、形,探寻心灵深处的艺术密码。
>
> ——蔡兵

2011年8月21日,对蔡兵来说是个值得骄傲的日子。这一天,"蔡兵现代中国画展"在中国最高的美术殿堂——中国美术馆拉开序幕。

"蔡兵现代中国画展"是对蔡兵从艺50周年的一次高规格的大检阅。从最初的版画起步,到现代中国画的探索、实验与创新,蔡兵走过了漫长的绘画生涯。用他的话说,他把一生献给了心爱的绘画事业,而今终于到了收获的黄金时期——中国美术馆破天荒为他举办了命名为"现代中国画"的画展。就中国美术史而言,"现代中国画"作为美术新流派,蔡兵是创始人。就他个人绘画史而言,"现代中国画"的诞生,使蔡兵的绘画艺术达到了一个全新的高度。

蔡兵参展办展无数,但是"蔡兵现代中国画展"的意义是里程碑式的。回顾自己的绘画经历,他百感交集。他成名于版画艺术,完全可以在中国的版画史上,成为承上启下的领军人物。但是,他不满足于版画上的成就。版画只是绘画中的一个画种,仅仅是版画家,严格地说还无法冠以"画家"这一称号,因为版画家只是画家的一部分,而画家应该是全方位的。他立志要做全方位的画家。因此,当他在版画上独树一帜

蔡兵现代中国画画展开幕式

的同时，已把艺术的视线转向现代中国画的探索。

多年的绘画生涯告诉他，艺术是在探索与创新中成长的。因此他在探索现代中国画时，吸收了中国古代的彩陶文化、汉代的画像石与画像砖，以及元代的石窟、道观壁画、敦煌莫高窟等艺术元素，而他多年来在日本、欧美等国的游学、讲课、办展，则打开了放之世界的艺术视野。他从中借鉴西洋画的抽象思维和空间想象，把粗线条和大色块运用于传统中国画创作，在油画、水墨、版画、水彩等相邻艺术的微妙契合处，寻觅东西方绘画的诸多元素，在具象与抽象，似与非似之间，留给世人感悟和想象空间。而在本质上，现代中国画呈现的则是中国哲学意境，其审美意义上的形神、气韵、抽象，蕴涵了现代东方精神。

只有同时完成了上述的外延与内涵，才可以说，他独树一帜地创立了别具"融"这一艺术特质的现代中国画。而中国美术馆对蔡兵现代中国画的青睐，正是对"融"艺术这一美术新流派的肯定。对蔡兵来说，这是他在现代中国画领域跋涉多年后，首次以现代中国画命名的个展。在当时的上海，除了刘海粟等少数绘画大师外，还没有人在中国美术馆举办过个展。因为在中国美术馆开画展，首先得经过16位评委的严格评审。

蔡兵为这次画展作了精心准备。他从众多的现代中国画中挑选了50多幅作品，又特别为画展创作了一幅题为《瀑》的作品。画面上，气势磅礴的大色块、大线条，凸现出厚重的山体与恢宏的飞瀑，直扑眼帘的近景构图与飘逸其间的动态气韵，弥漫于幽谷山涧的神秘气氛和如雾似雨的飘渺气质，如此奇妙地融合在136cm×68cm的纸面上，现代中国画的艺术符号——写意、夸张、变形、写实、抽象，融为一体。

《瀑》让现代中国画有了一次新的突破。从这个意义上说，蔡兵对现代中国画的探索仍然在路上。

蔡兵发给中国美术馆的作品照片，经评委审查，全部通过。

一切就绪。蔡兵携同夫人李晶莹一起乘上了驶向北京的火车。他所有的作品装框后，由火车托运至中国美术馆。因为馆内画展多，安排紧凑，要求蔡兵的作品当天运到、当天布置。

蔡兵的画展安排在美术馆一层2号展厅，这个位置是进出展览馆的必经之地，蔡兵很满意。布展时，蔡兵向展馆工作人员提出所有的画自己摆放。工作人员感到惊讶，说布展多年，别的画家大都指挥我们摆放，哪有亲自动手的?蔡兵笑笑说，我喜欢自己动手。蔡兵一向动手能力强，所有的画都是自己装裱，连镜框都是买了材料自己制作。50多幅画挂好后，捷足先登者先睹为快，说蔡兵的画是"高档作品"，为这里的展馆争光了。

画展开幕那天，蔡兵提早来到展馆。一向以休闲服装示人的蔡兵，在这隆重的时刻，西装革履，白衬衫，红领带，显得风度翩翩，一头白多黑少的长发，更增添了画家的艺术气质。

蔡兵的画展由上海文联和上海美协联合主办，中国美术馆馆长范迪安担任展览会组委会主任。上海文联和上海美协的领导，高度重视上海画家蔡兵在中国最高美术殿堂举办的个人展，他们一同出席了开幕式。

参加开幕式的还有来自各电视台、电台、报社和专业杂志的媒体人，以及艺术品拍卖机构资深人士。闻讯而来的画家以及美术爱好者，更是挤满了一楼大厅。

上海美协展览部主任丁设主持开幕式，上海美协秘书长陈琪则代表上海文联和美协发言致词。

"开幕式上，我最后答谢，"蔡兵后来对浙江美院一位同学说，"我介绍了现代中国画，对画展主办方、各方领导、画家朋友和观众，表示了真诚的谢意。"

十、"蔡兵现代中国画展"（二）

　　有媒体说，我的绘画跳动着城市生活的节律，既有鲜明的时代性、地域性，又具有人文精神的高度。我觉得这是我对理念的追寻，对美感的领悟，也是对生活的思考，对生命的体会。

——蔡兵

　　从 8 月 21 日至 9 月 1 日，蔡兵天天在展厅里忙碌。他要接受来自北京、上海和全国各地的电视台、报纸、杂志等媒体采访，特别是央视书画频道的现场采访，还要同艺术品拍卖机构沟通拍卖事项，与文化部文艺司司长张凯华、中国农工民主党宣传部长石光树，以及著名表演艺术家蓝天野、杨在葆、濮存昕等人士交流。整整 12 天，蔡兵忙得不亦乐乎。

　　还有更忙的事，文化部和教育部的有关领导在楼上楼下同时举办的各个画展中，最后选择蔡兵的展厅，为"未来艺术学校"举行开学仪式，并邀请蔡兵当场为孩子讲课。

　　前来参观的观众人数远远超出了策展人的预期。观众中不乏书画界名流、从事艺术教学的专家教授、书画收藏家、美术爱好者，以及海外闻讯而来的艺术家。蔡兵在展览厅当起了特殊讲解员，回答观众各种问题，交流绘画艺术。上海文联和美协的领导见状，称赞道：没想到画展会这么成功，你为上海争了光。

　　蔡兵没想到的是，还发生了一个他乡遇故知的故事。

　　那天在展厅与几个慕名而来的同行聊天，突然听到有人在打听他。

蔡兵在"未来艺术学校"开学仪式上为孩子讲课

他上前询问，竟然是在福州军区一起创作的战友黄宜中。时光穿梭，43年过去了。创作的战友绝少联系，蔡兵只是在画坛上见到过他们活跃的身影。此刻在北京，在他的画展大厅，黄宜中竟然不期而来，令他喜出望外。老战友相见，格外高兴。黄宜中告诉蔡兵，他乘车时，突然在美术馆门口看到大幅画展海报，上面是蔡兵的名字和头像。得知蔡兵在北京举办画展，一路过来的黄宜中说："我在福州军区的时候就知道你会成功的。"

两个43年未曾相见的老朋友在中国美术的最高殿堂相见，也是蔡兵此次画展的意外收获。

关于蔡兵的画展，中央电视台、中央人民广播电台、人民日报、人民画报、北京电视台、光明日报、北京日报、北京晚报、解放日报、文汇报、新民晚报等100多家媒体作了专题报道。

蔡兵在现代中国画画展上接受记者采访

8月23日，中新社记者邹宪在题为《中国美术馆展出中国上海画家蔡兵现代中国画展》的报道中说，"蔡兵现代中国画既有传统中国的明快线条，又有西方现代绘画的强烈色彩。"文字旁边还配了一幅照片，照片上，一对母女在认真观看题为《时代节奏》的大幅作品。

《东方书画》刊文说，"他的艺术作品根植于现代创新意理之中，具有艺术的时代性，使现代中国画的新生命体在写意、夸张、变形、写实与抽象等艺术符号中得到延续发展。他的作品在传承传统文化与发扬时代精神的基础之上，注重表现人文情怀，体现了现代艺术探索给人们视觉上的享受。此次展览题材广泛，表现手法多样，作品理念具有前卫性和开创性，作品从平面的形式意味和装饰中寻找意境，力图通过多层次的艺术作品展现现代与传统的文化温情和归属。"

而来自上海的《解放日报》撰文说："蔡兵的绘画作品具有独特个

性，色彩大胆和谐，画面激情充沛，曾应邀在美国、日本、新加坡以及港台地区举办过 20 余次个人画展，作品被国内外多家美术馆、博物馆收藏。本次展出的《故土的梦幻》《上海的早晨》《水乡情怀》《异国夜色》等均为作者试图从当代审美中找到中西艺术契合点的现代中国画。"

《人民日报》以《蔡兵的现代中国画》为题，评论道："蔡兵是一位出色的艺术家，虽年近七十但依然有一颗年轻的心，创作极富激情。他以敏锐的观察力，捕捉生活中的各种题材，表现出对大自然的无比热爱和憧憬……在文化传承和创新表达中，蔡兵把握人文情怀，体现了现代艺术的探索精神。他的作品题材广泛，艺术表现个性独特，手法出奇，富有开创性，使艺术创作达到了融汇心境的境界。几十年来，他对现代中国画的探索，通过宣纸、笔墨和色彩，将东西方艺术之精华以独特的现代艺术表达出来……蔡兵对于中国画表现现代都市的探索，取得了成功。这成功给人的启示是，他把自己对于理念的追寻、对于美感的领悟、对于生活的思考、对于生命的体会……都纳于城市生活的大节律中，因此，他的创作既有鲜明的时代性、地域性，又具备一定的人文精神高度。"

《人民画报》在介绍了蔡兵的"融"艺术后说："凭着对多元文化的理解和积累，对各种姐妹艺术的包容和传承，以及自己独到的艺术创意和不畏艰难的性格，蔡兵在自己的绘画事业上独树一帜，创立了具有独特个性的'融'艺术现代中国画。"而"正是这种海纳百川的包容胸怀，让蔡兵能够取各家之长为其所用……题材的多样化、思维的现代化、技法的个性化、艺术的开创性，这些特点显示年近古稀的蔡兵所具备的非凡创作热情。'融'艺术现代中国画，让蔡兵摸索属于自己的艺术价值和独特个性以及具有时代感的绘画天地"。

对此，蔡兵说："变故则今，皆创新意，中国画中的现代与传统是一个母亲的两个生命体，但我尽力不失中国画的笔墨彩的无穷变化和魅力，体现人类精神赋予的独特艺术生命力。"

热情的观众在留言簿上纷纷留言：

蔡大师：这次我特地带着朋友再次来看你的展览，（真的）百看不厌。作品给我们震撼，与一个全新的感觉。我们发出一个共同的声音，"太好了！"你的作品是色彩上的魔术师、绘画上的创新者、现代中国画的开拓领先人，为中国画的创新、超前、走向世界打开了新路。

谢谢你！
观众　王德志　2011.8.25

蔡先生的作品给我的启迪，是创作时状态犹如初恋时的冲动，与时代的激情，与来自西方的构成形式美，也保持了中国山水、笔、墨、彩的运用，构思与立意的创新，蔡先生是"现代中国画"第一人。

一个绘画爱好者　2011.8.21

蔡大师：

您的画看后令人为之一振，开创了现代中国画的先河，使中国画提升了新的高度。

神剑文学艺术学会　2011.8.23

原来中国的水墨画是可以这样表现的！蔡先生的画真是太美了，大美无疆！他融合了东西方画风为一体，寻找到油画、水墨、版画、水彩的微妙的契合之处，观后令人振奋！蔡先生是东方国度的骄傲！

北京一观众　2011.8.28

不少国外观众，则用本国语言表达了观摩蔡兵画展的感想。

2011年，蔡兵的绘画人生走向新的高度。盛誉之下，他如此回答记者的提问："我还有很多题材要画，我要为世界了解中国，国人了解世界而继续奔走。各个国家的文化是可以通融的，我很有信心！"

蔡兵的回答引起媒体的回应。"蔡先生的胸怀是博大的，眼界是有高度的，是无我的。他是一位卓有成效的文化使者，是一位对民族、对国家、对时代有担当的画家。"

而蔡兵所说的"各个国家的文化是可以通融的"，正是他现代中国画"融"艺术的生动表达。

十一、新的追求

> 对我来说，每一次创作都是新的开始，每一次拓展题材更是新的挑战。因为，艺术追求，永无止境。
>
> ——蔡兵

蔡兵现代中国画在中国美术馆展出之后，"继续在路上"。就像以前那样，他从未停止过艺术追求的脚步。2011年后，他花了几年的时间，创作了大量以"生态、环境与生存意识"为主题的系列油画作品。这位因独创现代中国画这一别具"融"艺术特质的画家，在探索艺术真谛的同时，再次以敏锐的艺术触角拓展当今重大题材，延续了一直以来担当社会责任的艺术自觉。

面对地球因生态失衡、环境污染引起的糟糕的人类生存状况，他自觉接轨中国当代生活与文化精神，站在人与地球同生存共命运的高度，审视人类面临的生存危机。油画笔下的一幅幅蕴含自然伟力、原始生命节律的抽象画面，表达人与自然相互依存，重建生态文明环境，实现人类自我拯救的宏大主题。

蔡兵讷于言而敏于行。为了这次创作，他作了大量的准备，包括对人类生命与生存环境相互依存的思索，对创作表现形式——风格、色调、结构的缜密思考。对他来说，每一次创作都是新的开始，以新的形式表现新的题材更是挑战。

2013年，蔡兵的许多日子是在松江佘山度过的。那是佘山山脚下的居住区，蔡兵拥有一套复式公寓房。他把松江的公寓当作画室和休息

田园小屋(油画) 蔡兵2017年作

室，是因为油画颜料虽然五彩缤纷，但气味较重，在家中创作油画显然不太合适。而这里，前后窗户敞开，视野开阔，满目青绿，令他心情怡然，带来创作的想象力。楼下宽敞的客厅做了画室，另外两间，朝南的一间专门修改画稿，朝北的一间是卧室。夫人李晶莹跟着蔡兵住在佘山，一以贯之地"红袖添香"。

那些日子，宋海年和郦帼瑛会去佘山探望蔡兵夫妇。在他的画室，我们第一次目睹创作中的蔡兵。那个春光明媚的上午，阳光像被风拂动，透过玻璃落在他身上。他穿着沾满颜料的蓝大褂，全神贯注，又神采飞扬。身形动静转换，动则挥洒自如，静则敛神凝思——唯有一头长长的银发明晃晃飘逸。画稿上落满深浅不一色彩各异的色块，成品的、半成品的，有的仅为线条勾勒的草图。思路敏捷的蔡兵，画笔在手，灵感迭出，笔端之下，如天地之深邃，花木之朦胧，令人不可方物。

对蔡兵来说，画笔下呈现的抽象与具象的语言，像大自然一样神秘，具有无限联想性。创作时，浮现于他心底意念中的图式，包括色彩、肌理乃至突如其来的灵感，在有意和不经意间，笔触所至，既有逻辑的理性推理，又有非逻辑性的无羁与洒脱。

中午，蔡兵说请我们吃饭。"有一家饭店，"他说，"我经常去吃的，味道不错，服务员都认识我。"我们——蔡兵、李晶莹、宋海年、郦帼瑛，走在佘山镇日光明亮的人行道上。蔡兵忘了换衣服，穿着沾满各色油画颜料的"迷彩服"，仿佛以蓝大褂为画布，斑斑点点的颜料像大块的色团，连缀成一幅他的自画像。迎面而来的行人，惊奇地打量一个大褂上满是"油漆"的长者——他的外表似乎像个"油漆匠"，但他银发飘洒的气质，更像令人肃然起敬的艺术家。那时候，与蔡兵擦肩而过的路人，流动的目光，好奇，又充满崇敬。

从他们的眼神里，我们读到的正是这样的语言。

也是这一刻，笔者感悟到画家的两种身份——"油漆匠"的工匠精神，醉心创作的艺术气质。其实，要想具有两种身份的，又何止画家呢。

一年后，蔡兵遴选了52幅作品，出版了《华天（蔡兵）当代油画作品——绿色、环保、生命》画集。关于他的油画表现手法和艺术风格，有人说，蔡兵开拓了油画创作个人风格的新领域，有学术收藏价值。还有人说，蔡兵的油画非常适合国际流行的现代陈列布置。有评论文章更是深得鉴赏三昧：他的油画有国画味，他的现代中国画有油画味。

蔡兵在谈到这次创作时，则写道：千变万化的大自然中，蕴含着天人合一的世界，"体现出宇宙和人类和睦相处、相依共存的本质"。而他"用心描绘自然物体，追求物体的生命感，以达到时代赋予的责任"。他继续写道，他以具象和抽象模拟的印象创作为符号，以独特的审美意识，从普通的物象中挖掘独特的魅力，尝试阔大、稳重、简朴的笔触，通过冷暖对比、虚实错落、色块铺垫，透过干和湿，明和暗，细腻和粗糙的肌理，倾听大自然的生命乐章，而静谧气氛的画面则宛如抒情诗篇。

如《湿地》，以原生态为主题，绿白黑色块中，以绿为主色调，通过现实与浪漫相结合的创作方法，凸显原始动植物生命漫长的繁衍历程，揭示人与自然，人与环境相互依存的关系。《花卉》是大自然的无声独白，瀑布般流动的大红色块，间以绿黄白色块，朦胧的花世界，煦

翠绿丛中(油画) 蔡兵2017年作

暖的春风掠过阳光，芬芳飘浮。《山泉》则让郦帼瑛诗情勃发："云和雨 / 相融 / 顷刻 / 一股清冽 / 澄澈 / 甘甜的 / 泉 / 如圣水 / 蜿蜒穿越 / 山的 / 经络……"而在《山之三》，宋海年吟道："蘸一抹白色作云的高渺 / 调几块紫棕色的深沉 / 匀一些淡黄浅绿装点山峰 / 以斑驳之色打底……"

因心造境，意在笔先，超然象外。绘画的造象意识与空间格局，源自艺术追求的自觉、自为与自信。蔡兵的"生态、环境与生存意识"系列油画，以恢宏的画面，丰富的内涵与精神品质，闪烁着艺术品格的人性光辉。

对中国而言，蔡兵追寻的是人与自然和谐相处的中国梦。

十二、蔡兵美术馆

> 我愿把一生创作和收藏的艺术精品,包括绘画作品、艺术文献、历史资料等捐献给国家,把自己的绘画艺术奉献于社会。这是我的毕生愿望。
>
> ——蔡兵

岁月匆促,倥偬之隙,已是 2016 年。

一年伊始,蔡兵仍然像往常一样早早起床,静坐,喝茶,然后跨入画室,开始日复一日的创作。一年四季,无论严寒酷暑,春华秋实,莫不如此。此时,冬未尽,春将至,已有腊梅暗香浮动。年年如此,岁月催人。现如今,他比任何时候都有了紧迫感。

正值春节临近,闵行区委宣传部和区文联领导一行人上门探望蔡兵。蔡兵是中国画坛有影响力的画家,又是闵行区文联特邀会员,每年新春,宣传部和文联领导都会前来慰问。蔡兵的家是高层复式结构,除了四壁皆画外,从客厅、画室、书房、阳台,乃至楼上的卧室、露台,无不堆满了自己创作的类型繁多的艺术品。就有人说,蔡兵的家,看上去像个小型艺术博物馆。

这个话题触及了蔡兵的心愿。心愿是适合在新年表达的,尤其是当着领导的面。他透露了丹阳有几个地方想为他建造艺术馆,比如他的家乡张垫镇,早已有了规划。而张垫镇现所隶属的皇塘镇,房地产荆老板因为"久闻蔡兵大名",捷足先登,把一栋装修好不久的别墅,重新按蔡兵要求,打通隔墙,重新装修,配齐了家用电器,让蔡兵做工作室。

千年古镇——七宝老街（现代中国画） 蔡兵2017年作

千年古镇——七宝老街局部（现代中国画） 蔡兵2017年作

他曾经居住多年的浦东新区也向他伸出了"橄榄枝"，有意向为蔡兵建美术馆，甚至已制成了建筑模型。还有浙江一风景区，但是，因为路途远的原因，他一直举棋不定。

宣传部领导表示，如果在闵行区建立蔡兵的美术馆，将是闵行区的荣幸。蔡兵说，这也是我的心愿。他需要有一个在身边的"场馆"，能收藏他所有的艺术品。之所以考虑场馆建在身边，除了路途的原因，更重要的是，他对这片生活了20多年的土地，感情越来越深。

蔡兵与闵行的缘分，始于20世纪70年代初。那时候他奉命去老闵行的"四大金刚"——上海汽轮机厂、上海电机厂、上海重型机器厂、上海锅炉厂深入生活，在劳动现场画了大量的速写，之后创作了套色木版画《会战》、连环画《一二五赞歌》、现代中国画《银燕展翅》等一系列作品。这些年来，他北去闵行七宝，登高望远，创作了《千年古镇——七宝老街》；南下闵行紫竹园区，创作了《科技园区》；东临梅陇，创作了《锦江乐园》《商城的夜》等大型作品。他用画笔宣传闵行，美化闵行，成为闵行区"创建全国文明的代理人"之一。特别是有一天，蔡兵夫人李晶莹的同学，相约他们夫妇去汽轮机厂参观，说汽轮机厂比当年蔡兵创作版画的情景有了大变样。厂宣传部部长接待了蔡兵一行人，陪同他们参观蔡兵以前蹲点过的车间。故地重游，厂区、车间的格局以及突飞猛进的新产品，让蔡兵感慨万千。回家后，他用了20多天时间，创作了以"不忘初心，勇攀高峰"为主题的《银燕展翅》《攻克难关》《攀登高峰》《一丝不苟》《协同作战》等一组大型版画。厂领导对蔡兵的版画赞不绝口，说这是最能体现汽轮机厂改革开放成就的大作品。时值65周年厂庆，这组版画在厂展览馆展出，蔡兵应邀出席了开幕式。

往事历历在目。这一在身边建"场馆"的愿望,与区委宣传部领导的想法不谋而合。宣传部领导表示,要把"场馆"的筹建列入议事日程。

蔡兵做事向来"兵贵神速",3月16日,他致信中共闵行区委宣传部、闵行区文联,表示愿将毕生艺术精品捐献给闵行区政府。

一切都在按程序进行。闵行区政府领导在批文上签字,表达了建造"蔡兵美术馆"的愿望。此后,区委宣传部召开"蔡兵美术馆"(筹建)项目工作协调方案会议。方案中的蔡兵美术馆,将集美术作品展览与收藏、创作工作室、蔡兵艺术研究与对外交流等开放式功能于一体。

难的是选址的最终落实。次年6月,区委宣传部领导再次去蔡兵家,谈美术馆项目的进展和实施情况。蔡兵再次表示:"把自己的绘画艺术奉献于社会,是我毕生的愿望。"

区宣传部不定期地召开蔡兵美术馆筹建项目推进会和美术馆建造、装修及日后管理专题会议。

2018年1月30日,区委宣传部特邀上海市新闻律师事务所律师,由区政府和蔡兵商定《蔡兵与区政府协议书》。这年7月5日,《关于中共闵行区委宣传部接收蔡兵先生捐赠财产的框架协议书》签订正式合同。同一天,还签订了《建立蔡兵美术馆》协议。

蔡兵美术馆如期建造。蔡兵从艺术的角度,给出了从设计、选材、建造到装修、布置、陈列等建设性意见。

2019年4月16日,上海市人大委员会研究室领导,前来视察即将完工的蔡兵美术馆。他称赞美术馆的建筑风格、馆内布局装修以及蔡兵的作品，并祝贺蔡兵美术馆的建成。

从立项、建造到完工，区委、区政府、宣传部三任领导，接力推进，直到蔡兵美术馆落成开馆。

2019年5月27日，这对蔡兵来说，是因"场馆"落成而成为里程碑式的日子——蔡兵美术馆正式开馆迎客。

这是一座以蔡兵个人命名的公立美术馆。这座位于莘庄梅园东侧伟业路上的现代建筑，卧于绿地间，简约大气，造型动感。平斜错落的二层框架结构，白色与深棕色的彼此分割与连接，像蔡兵纸片拼印版画《形》的叠加——线条与色块相互嵌入，给人以多元包容的立体几何美学意味。蔡兵美术馆，堪称闵行区的人文气息与蔡兵的艺术元素交相辉映的现代建筑艺术杰作。

室内装饰，则大胆采用红色为基调的展厅墙面，上下以黑色线条勾边，墙面以白线条构成框格，形成冷暖色调的视觉效果。850平方米建筑面积的有限空间，展现了充分的合理利用。一楼大厅，左侧是配有活动展板的展览厅兼多功能厅，融艺术展览与学术活动于一体。正厅后面为小型会议室，右侧是蔡兵艺术生涯的实物陈列。二楼为艺术藏品陈列室，展示蔡兵各个时期的作品。左侧门楣，悬挂刘海粟大师题名的"朝显画室"匾额，朝显画室是蔡兵的创作场所兼会客室。

是日，蔡兵美术馆迎来了开馆首展——"纪念上海解放七十周年蔡兵美术作品展"。这是蔡兵献给闵行人民的厚礼，也是献给上海解放七十周年的厚礼。

画展缤纷而观众络绎。包括《上海解放前夕》《会战》《上海的早晨》《上海外滩夜色》《奔向2000年》《东上海的乐章》《浦江之夜》《市郊新

蔡兵美术馆开馆展览 2019年摄

貌》在内的版画、油画、现代中国画、速写，以及瓷瓶、瓷盘、茶壶等器皿上的画作，集中反映了上海的重大历史事件和时代发展变迁。正如闵行文联主席陈志强在致开幕辞时所言："70年前的今天，上海迎来解放的曙光，蔡兵先生紧紧跟随新中国的成长步伐，融创作于时代，是上海70年发展的见证者。他在闵行举行纪念上海解放70周年美术作品展，让闵行市民见到了艺术家用画笔记录城市变化的创作成果……"

8月30日，上海博物馆著名古书画鉴定家、国家文物鉴定委员会委员、美术史论家单国霖先生专访蔡兵美术馆时说，蔡兵的绘画无论在构图、造型、色彩等方面，都突破了中国画的传统模式，创造出了独有的艺术符号，显现出强烈的现代画特色。多画种的交融形成的"融艺术"，在色彩运用上既有强烈的视觉冲击力，又达到意境与气氛的和谐统一。

10月30日，上海市文联和各协会老同志，包括上海文学艺术院邢开亮先生、上海市影协黄德明先生、上海剧协王雷先生等人，专程前来会面老同事蔡兵。他们很早就关注蔡兵的作品，如今蔡兵不仅有了自己的美术馆，藏品又如此丰富，纷纷表示"非常震撼"！

更多的是慕名而来的画家和美术爱好者。他们大多来自上海市区，也有不少受东西方文化熏陶的海外人士。他们告诉蔡兵：我们早年就知道您的故事，现在得知蔡兵美术馆，是一定要来观赏的。

观众纷纷留言。

你的画很有个人风格，使人看了耳目一新。蔡兵先生的现代中国画具有中国传统国画的发展新思路、新格局。是传统中国画的开拓者，又不失中国画的传统技法，又具有时代感，本人表示很钦佩和欣赏！

——一个中国画的爱好者

蔡兵老师的"现代中国画"，画出了中国画的魂！

——学生李岩

蔡大师的画，独树一帜，是中国画中的奇葩，走向国际的勇士！

——江苏观众毕勇杰

尊敬的蔡先生：

昨天我随同平湖市作家协会的老师们参观您的美术馆，真是大饱眼福了。特别是有幸受到您的热情款待，我从心底里钦佩您大爱无疆的高尚情操，海纳百川的胸怀。您为国家为人民无私奉献了辛勤创作的大量美术精品。

衷心祝福蔡先生保重身体，开心快乐，创作更多的优秀作品！先生若想到平湖做客，我就来闵行接您，陪您走走看看平湖城乡新面貌！

——一平湖作家

《蔡兵美术馆写意》："把写意的灵魂注入玻璃／谁敢想啊／你不但想了，还做到了／水墨的润泽与玻璃的刚劲／完美结合／在'融'字上巧安排／在'新'字上勇攀登／在西方的浪漫／与东土的含蓄之上／描绘出一个梦想的世界……"《蔡兵美术馆印象》："走进它／巨大而磅礴的星空汇入眼睑／徜徉其中／瑰丽多姿的世界无限延伸……一步一个脚印／撷取彩云融入笔下／从少年到白发／七十年的跋涉啊／迎来了梅花香飘。"

——诗人赵靓

开馆之后，蔡兵没有停下艺术追求的脚步。

春节期间，花了两个月时间，为虹桥历史陈列馆设计浮雕墙画稿。

4月18日，蔡兵的现代中国画《山居》荣获第32回全日中展东京书画艺术大展村山富士原总理（首相）奖。《山居》创作于2012年大年初一。他像往常一样，早早起床，酝酿绘画题材。他想起几年前去了几处山城，拔地而起的各式建筑，见证了祖国日新月异的变化。他当时从中发现了美，从衣袋里找出两张名片，在背面空白处作了两幅小构图。他开始作画，新年的鞭炮声，欢快而吉祥。他打破原有的传统绘画程式，在节奏上进行多元性结合。其色彩应用之瑰丽之入味之大胆，使欣欣向荣的现代建筑充满了欣欣向荣的现代气息。

这幅一气呵成的现代中国画，有着浓郁的"融"艺术韵味。

2020年5月28日,举行蔡兵美术馆开馆暨蔡兵先生作品、藏品捐赠仪式签约仪式。他把自己几十年创作和珍藏的现代中国画、版画、油画、速写、连环画、瓷盘画、茶壶刻画、书法和收藏的名家名画、珍贵历史资料、绘画工具等总计4608件/幅捐赠给闵行区人民政府。

市文联市美协领导、区四套班子领导、区相关单位领导、各界嘉宾、本区文艺家代表、媒体记者及本区市民见证了这一时刻。

签约仪式上,区领导对蔡兵如此评价:

"蔡兵先生是我国优秀的艺术家。他生在上海,居住在闵行,曾长期就职于市文联、市美协,在多种权威艺术机构担任重要职务,获奖无数。最为难能可贵的是,在蔡兵先生艺术生涯的各个时期,我们都能清晰地感受到一位人民艺术家的使命和担当。"

"在钻研绘画艺术的过程中,蔡兵先生始终保持与时代发展同频共振的创作热情,不断挑战自我,突破自我,精益求精,从现代审美中找到契合点,探索更广泛的绘画空间,追求更高远的艺术境界。最为值得一提的是,蔡兵先生把个人的创作融于人民日常生活的脉络中,融于国家变革和经济社会发展的潮流中,用题材多样化、思维现代化、技法个性化表达不同的时代风貌,创作出富有思想穿透力、审美洞察力、艺术感染力和时代创造力的优秀作品。"

此言然也。

日落日升,每一天都是新的。

新的一天又开始了。蔡兵早早来到美术馆,目光所及,春光无限。

白云飘浮，凸现于绿树红花间的美术馆，动感十足。而馆内线条与色彩交织融合的空间，浓缩了他艺术人生的华丽篇章。

蔡兵的目光变得深邃而清澈，嘴角浮起笑意，内心溢满喜悦。蔡兵美术馆。这里有他捐献的典藏——现代中国画，版画，油画，插图，速写，茶壶和陶罐刻画，瓷瓶和瓷盘画，收藏的名家作品以及珍贵历史资料。

他穿过一路景点，拾级而上。他所创造的纸上景点——来自时代的召唤与馈赠，自身的天赋与勤奋。他来到创作场所。比起家里的工作室，美术馆的创作场所正是他梦寐以求的"新港口"。

此刻，他站在"新港口"巨大的画案前。阳光拂窗，风穿窗而来，发出哨笛般的鸣声。

仿佛心灵感应，他内心发出回响。

这是艺术之海新的召唤。他从这里再起航。

蔡兵艺术大事年表

1972 年 《会战》（套色木版画）入选全国美术作品展览。作品赴意大利、法国展览。中国美术馆收藏。

1972 年 《会战》为美国尼克松总统访华下榻上海十大宾馆卧房、休息室装饰布置画。

1973 年 《会战》（套色木版画）、《喜看操作革新手》（木版画）入选上海人民出版社《上海市美术作品选》。

1974 年 《常备不懈》《加油》《机械手》《喜看操作革新手》《光辉的前程》（版画）入选全国美术作品展览，《常备不懈》《加油》被中国美术馆收藏。

1974 年 上海人民出版社出版连环画《畅通的邮路》。

1975 年 上海人民出版社出版连环画《试航》。

1975 年 在上海金山石化总厂体验生活，创作《围海夺地》《国产常压装置》《安装工人攀高峰》《陈山码头》《建设大军正在宝钢工地丁家桥开河建桥》《工地运输兵》等速写和版画。

1976 年 《人民日报》刊登上海人民欢庆粉碎"四人帮"游行的速写《红旗映浦江 喜讯传四方》。

1977 年 上海人民出版社出版连环画《后勤嫂》。

1978 年 为上海少年儿童出版社出版的小说《一份染血的情报》创作 30 幅插图。

1978 年 版画《雪天》《女孩》《月归》《光影》，被日本著名活动家、教育家内山嘉吉先生收藏。

1978 年 上海美协副主席兼秘书长、著名画家吕蒙，为蔡兵现代中国画题词："彩墨生辉——为蔡兵同志题 吕蒙"。

1978 年 《人民日报》发表《奔向 2000 年》(木版画)，在全国广为转载和复制。

1979 年 《奔向 2000 年》入选全国第六届版画展。

1979 年 加入上海美术家协会。

1980 年 《云南小景》(套色木版画)入选法国秋季艺术沙龙展览（法国艺术展览公司收藏）。

1980 年 应日本东京"株式会社センター"之邀，举办"丝绸之路"版画展览。

1980 年 《支部生活》复刊号封面刊登《陈毅市长》(版画)。

1980 年 《相恋》《夜》《野风轻轻吹》，被法国收藏家 Barreau 先生收藏。

1981 年 《上海之晨》入选德国、朝鲜展览。

1981 年 《山水》(中国画)入选 1981 年上海国庆画展。

1981 年 加入中国版画家协会。

1982 年 《春晓》(木版画)赴罗马尼亚展览。

1982 年 加入中国美术家协会。

1982 年 《夜》(木版画)入选人民美术出版社出版的《中国现代黑白木刻选》。

1983 年 《水乡》《时令季节》《颐和胜景》《云南小景》入选意大利、日本、丹麦和塞浦路斯展览。

1983 年 《马克思与燕妮》(版画插图)入选上海人民美术出版社《伟大的马克思逝世一百周年版画集》。

1983 年 《上海彩霞》(套色木版画)入选上海—横滨画展（日本），并选入画集。

1984—1985 年 在浙江美术学院（中国美术学院）版画系进修。

1984 年 浙江美术学院画廊举办蔡兵版画作品展览。

1984 年 应厦门市文化局、厦门市美协之邀，赴厦门举办蔡兵版画作品展览。

1984 年 获上海市文联首届上海市文学艺术奖。

1984 年 《夜歌》(玻璃彩印版画)获得上海市美术一等奖，并入选应征第六届全国美术作品展览。

1984 年 《江南水乡》《新声》入选挪威第七届国际版画展。

1984 年 当选挪威第七届国际版画展获奖评委。

1984 年 《画虎类犬》(版画连环画)入选上海人民美术出版社《中国成语故事大集（二）》。

1985 年　《平湖钟声》(玻璃彩印版画)入选全国第四届水印版画邀请展。

1985 年　《夜色》《轻舟荡漾》入选全国第二届版画展。

1985 年　《南国风情》(现代中国画)被日本著名画家青梅市美协会长清水保夫先生收藏。

1986 年　美国东西方艺术画廊(East West Contemporary Art)举办上海画派蔡兵画展。收藏蔡兵作品 20 件。

1986 年　玻璃彩印版画《村道》《山色》入选第 12 回日本昭和美术会展，京都美术馆展出并收藏。

1986 年　套色木版画《春景》《假日》分别赠送日本首相竹下登和日本青云市长。

1986 年　《柳亚子先生脱险记》(连环画)，入选第一届上海连环画作品展览。

1986 年　《平湖钟声》(玻璃彩印版画)、《漓江抒情》《乡间小学》(套色木版画)入选"1986 年上海版画艺术展览"。

1986 年　《友谊和平》(套色木版宣传画)入选国际和平年上海市美术作品展览。

1986 年　《古韵》被法中友好协会主席万曼先生收藏。

1987 年　聘任大型辞书《中国美术辞典》编委。

1987 年　《遗产》(壁挂画)入选首届全国中国现代壁挂展览。

1987 年　《夜歌》(玻璃彩印版画)获首届上海文学艺术奖·美术一等奖。

1988 年　应邀在新加坡友谊展览中心举办沈柔坚、蔡兵现代版画双人展。

1988 年　《渔歌》(金属版画)作为上海市政府礼品赠送法国影星阿兰·德龙。

1988 年　《遨游》(版画)作为文化艺术交流礼品相赠新加坡总理李光耀。

1988 年　《老镇》《上海老街》(中国画)被著名企业家李嘉诚先生收藏。

1989 年　随同上海市政府人事局艺术代表团访问日本。

1989 年　日本大阪举办蔡兵画展。

1989 年　编入《中国现代美术家人名大辞典》(陕西人民美术出版社)。

1989 年　《轻风掠过壁画前》(套色木版画)入选庆祝上海解放 40 周年美术作品展览。

1989 年　《彩墨册页》(中国画)入选 1989 年中国画册页展览。

1989 年　《葫瓢》被北京徐悲鸿美术馆收藏。

1990 年	蔡兵首创《玻璃彩印版画》制作工艺获得中华人民共和国公布的中国美术界首个发明专利（专利号 85103419.5）。
1990 年	著名书画家、教育家刘海粟大师为蔡兵画室题名："朝显画室——为蔡兵同志题　刘海粟　九十四岁"及题写"蔡兵画集"名。
1990 年	上海电视台画廊举办蔡兵现代中国画展览。
1990 年	日本名古屋举办蔡兵作品展览。
1991 年	《新的崛起——宝钢》（木版画）入选庆祝中国共产党成立七十周年美术作品展览，入选全国美术作品展览。上海美术馆收藏。
1991 年	版画《渔歌》《山间》《爱学习》《山谷新声》被美国 Meicisacquisitions 画廊收藏。
1991 年	版画《上海市容》《上海朱家角》入选苏联、捷克艺术展览。
1991 年	出版《蔡兵画集》（中国画、版画）。
1991 年	《上海街景》《渔歌》《朝阳》《渔家女》《牧羊女》《冬日》《石窟藏宝》七幅作品被台湾水手屋画廊收藏。
1991 年	《轻舟荡漾》（玻璃彩印版画），《牧羊女》（木版画）入选中国西湖国际美术展览。
1991 年	《奔向 2000 年》被上海美术馆收藏。
1992 年	《上海市容》《上海朱家角》入选英国、波兰艺术展。
1992 年	《彩霞》入选日本艺术展。
1993 年	著名画家唐云先生为《蔡兵画集》题词："神游彩墨中——蔡兵贤友属题　八十三翁唐云"。
1993 年	《山中的小桥》（现代中国画）入选全国第二次中日书法绘画作品公开征集展。
1993 年	英国剑桥艺术中心为表彰蔡兵首创玻璃彩印版画获得国家专利，颁发"世界杰出人物奖"。
1993 年	《东方神韵》（现代中国画）被法国马赛著名收藏家阿·普克先生收藏。
1994 年	蔡兵现代版画展在中国美术学院（浙江美院）展厅展览。
1994 年	入选英国剑桥《世界杰出贡献名人录》。

1995 年　香港开益出版社出版《蔡兵画集：现代中国画新作》。

1995 年　入选英国"Men Of Achievement"（有成就的人）。

1995 年　入选美国"Most Admired Men And Women Of The Year"（年度最受尊敬的人）。

1996 年　聘为日本全国水墨画协会顾问。

1996 年　日本大垣市举办蔡兵、蔡文父女彩墨画展。

1996 年　《企鹅》由上海市政府作为国礼赠送日本和田一夫先生。

1996 年　上海市政府将《迎新》作品相赠新亚汤臣集团。

1996 年　《友谊·和平》(装饰画) 入选国际和平年美术作品展览。

1996 年　《精神永存》(中国画) 入选陕西人民美术出版社出版的《"领袖名人与延安"画册》。

1997 年　《古桥》《小岛》入选日本第十九届神奈川国际版画展。

1997 年　《农家》入选新西兰艺术作品展。

1997 年　应邀担任日本全国水墨画协会评委。

1997 年　《长乐》入选"日本第九回全国水墨画秀作展"。

1997 年　日本名古屋举办蔡兵画展。

1997 年　《故乡的回忆》入选中国优秀版画家作品展，江苏省美术馆收藏。

1998 年　《江山》入选 1998 年韩国国际美术交流展。

1998 年　《牧归图》入选澳大利亚国际艺术展。

1998 年　《屋》入选全国第十四届版画展，并被四川神州版画博物馆收藏。

1998 年　受中华人民共和国文化部特别邀请参加中国北京"当代中国画十人联展"（北京）。

1998 年　《山谷秋色》《春色》入选全国中国山水画展览（北京）。

1999 年　日本每日新闻社每日文化中心举办"蔡兵绘画作品展"，并特邀"中国绘画版画的第一人者"蔡兵先生来日举办特别讲座（全 12 回）——"蔡兵的中国版画世界"。

1999 年　在日本风景旅游区足助町，举办蔡兵——中国的抒情画展（展期 60 天）。

1999 年　《桥的故事》入选日本"墨的挑战"水墨画展，并获日展最佳创作奖。

1999 年　获中国版画家协会 1980—1990 年代优秀版画家称号，并获得鲁迅版画奖。

1999 年 《故乡的回忆》被青岛美术馆收藏。

1999 年 《春耕图》入选新西兰亚洲艺术节书画作品展。

2000 年 《牧归》入选台湾举办两岸名家书画展。

2001 年 《上海水乡——朱家角》《春天的歌》等 28 幅绘画及陶瓷、盘茶壶作品被美国 PATRICK JOHN ATHOL 艺术画廊收藏。

2001 年 《繁华的南京路》入选日本名古屋第 51 回美术展览并获秀作奖。

2001 年 在日本稻泽市获须纪念美术馆举办蔡兵现代中国画展。

2001 年 多幅现代中国画作品被新华社环球艺术馆收藏。

2002 年 上海 ROJAMN 艺术画廊举办蔡兵中国画展。

2002 年 《银装映红》（版画）获日本名古屋市教育委员会颁发的教育委员会奖。

2003 年 版画《上海夜色》《山村》《笛声》入选日本日中绘画作品交流展。

2005 年 现代中国画《上海东方彩霞》《中华第一街——南京路》被青岛艺术馆收藏。

2005 年 浦东新区开发开放十五周年，获上海市浦东新区政府最高年度文化艺术基金奖。浦东新区宣传部主办蔡兵美术作品展览，展出反映浦东新区成就的长卷装饰版画《蔡兵新作〈现代清明上河图〉——东上海的乐章》。

2005 年 香港开益出版社出版《蔡兵新作〈现代清明上河图〉——东上海的乐章》画册。

2005 年 获世界教科文组织授予特殊贡献奖。

2005 年 《生机》（现代中国画）入选日本第二回墨美会现代水墨画展。

2006 年 《红房子》（现代中国画）被世界著名科学家、美籍华人牛满江先生收藏。

2006 年 中国美术家协会出版《美术家蔡兵》画集。

2006 年 获中国国际文艺家联合会首届中国文艺杰出成就奖、书画艺术金奖，获中国文艺终身成就艺术奖。

2006 年 中国邮政北京市邮政管理局监制发行《蔡兵国画作品选》明信片（全套九枚）。

2006 年 日本记者专访：HU-ISM（日本）杂志《言葉のいらない绘画を》文章，《山谷秋色》（现代中国画）入选 HU-ISM（日文版）(整版画刊)。

2007 年　北京雍和嘉诚拍卖有限公司秋季艺术品拍卖会，蔡兵 2 幅现代中国画和 17 幅版画参展并拍卖。

2007 年　北京嘉信 2007 年秋季艺术品拍卖会，蔡兵 7 幅版画作品参展并拍卖。

2007 年　出版《蔡兵——现代中国画新作（珍藏版）》。

2008 年　游历德国、法国、荷兰、意大利、比利时、瑞士、梵蒂冈等国，采风写生。

2008 年　《渔家女》《春晓》参加中国美术家代表作品邀请展。

2008 年　获中国文化艺术终身成就奖、中国人民杰出艺术家称号。

2009 年　北京世界文艺杂志社出版《中国艺术大师》画集，蔡兵 9 幅现代中国画入选。

2009 年　中国画报出版社出版《中国画坛十大领军人物》画集。

2009 年　上海教育电视台拍摄专题电视片《著名画家蔡兵现代中国画欣赏——醉人的风景》。

2010 年　蔡兵设计的雕塑《航魂》，在上海航头镇市民广场揭幕。

2010 年　游历俄罗斯、芬兰、瑞典、挪威、丹麦等国，采风写生。

2010 年　世界知识出版社出版《中华文化大使——吴冠中　蔡兵　赵杰　刘大为　潘公凯》。

2011 年 8 月 21 日—9 月 1 日　上海市文学艺术界联合会，上海市美术家协会主办的蔡兵现代中国画展，在北京中国美术馆举办。

2011 年　中国文联出版社出版《大师之路——朱德群　蔡兵画集》。

2011 年　上海人民美术出版社出版《蔡兵现代中国画》。

2012 年　游历德国、捷克、斯洛伐克、匈牙利、奥地利等国，采风写生。

2012 年　现代中国画《法国老街》《婺源民居》等 5 幅作品入选《世界艺术家》中国专号画集（世界艺术家联合会出版）。

2013 年　在佘山翠谷小区"蔡兵画室"创作以"绿色，环保与生命"为主题的油画作品近百幅。

2014 年　出版画册《华天（蔡兵）当代油画作品——绿色、环保、生命》。

2014 年　天津人民美术出版社出版《中国当代绘画范本——蔡兵现代中国画精选》。

2014 年　上海朝夕斋出品《华天（蔡兵）当代油画作品集》画集。

2014 年　为中国农工民主党中央向湖南武夷山区"一家一"助学就业项目，捐赠书画作品。

2014年	为纪念中华人民共和国成立65周年，北京中国邮政发行纯银中国邮册，发行《中国当代书画名家华天（蔡兵）》珍藏邮册专集，收藏蔡兵油画作品邮票12幅，及油画作品电话充值卡2枚，油画作品明信片、简历纪念封1枚，纯银纪念章、收藏证书。
2014年	上海徐悲鸿艺术中心举办蔡兵绘画艺术作品展。
2014年	上海闵行区文联、上海华夏书画院主办"新颖 独特 追梦：蔡兵中国美术馆展览部分精品及新作展示"。
2014年	为中国出版集团东方出版中心出版铁凝、赵丽宏等9位著名作家"名家名作语文范本"提供封面绘画作品。
2015年	在荆春华先生支持下，"蔡兵艺术工作室"在丹阳市皇塘镇落成。
2015年	北京投资时报主办"2015春季——当代书画名家邀请展"，特邀蔡兵绘画作品参展，油画30幅，现代中国画20幅，在北京上上国际美术馆展出。
2015年	中国出版集团东方出版社中心出版蔡兵散文集《画里画外》。
2015年	应美国亚洲文化基金会邀请，为上海"毕加索与张大千绘画作品展"创作现代中国画《东西方绘画大师的对话——毕加索与张大千》。
2016年	上海电视台拍摄的《现代艺术大师"融"派现代中国画——蔡兵》，在纪实频道播出。
2016年	上海大学出版社出版《速写实用技法和创作》。
2017年	在上海汽轮机厂采风，创作《攀登》现代中国画系列组画《银燕展翅》《攻克难关》《永攀高峰》《精益求精》《部件安装》。
2017年	蔡兵美术馆正式建造。
2017年	创作现代中国画《千年七宝古镇》。
2017年	组织"日本名古屋—上海闵行环保艺术展览"。展览为中国驻名古屋总领事馆、日中环境友好交流促进会、上海闵行区文联指导，日本NPO法人易拉罐艺术G、上海闵行区民间文艺家协会主办。
2017年	参与上海闵行电视台宣传闵行创建全国文明城区"5位名人谈闵行"节目。
2017年	在上海书展闵行分会场名人书展上，签售《画里画外》《速写实用技法和创作》《现代中国

画范本》《蔡兵版画集》。

2017年 应景德镇政府邀约，现场创作瓷瓶、瓷盘画烧制作品20余件。

2018年7月5日 签订《关于中共闵行区委宣传部接收蔡兵先生捐赠财产的框架协议书》《建立蔡兵美术馆》合同。蔡兵捐赠包括收藏、创作的现代中国画、版画、油画、速写、连环画、瓷瓶瓷盘画、茶壶刻画、书法和收藏的名家书画、珍贵历史资料、绘画工具等，总计4608件（幅）。

2018年 天津人民美术出版社出版《大画家——蔡兵》画集。

2018年 上海大学出版社出版《绘画构图手记》。

2018年 在上海书展——暨"书香中国"上海周签售《绘画构图手记》《大画家——蔡兵》《速写实用技法和创作》。

2018年 应邀参加上海汽轮机厂65周年庆典书画展开幕式，《银燕展翅》《攻克难关》《勇攀高峰》《一丝不苟》《团结协作》组画参展。

2019年5月27日 《蔡兵美术馆》开馆暨"纪念上海解放七十周年——蔡兵美术作品展"开幕。

2019年8月17日 上海图书馆、上海市美术家协会主办，上海图书馆中国文化名人手稿馆承办"2019上海图书馆版画日启动暨叶滋藩、蔡兵、张翔版画作品展"，在上海图书馆展览大厅开幕。蔡兵向中国文化名人手稿馆捐赠版画作品，获捐赠证书和"妙笔"贡献奖。

2019年 获法兰西皇家美术学院艺术博士称号。

2019年 获法国艺术及文学骑士勋章。

2019年11月 蔡兵美术馆出品《蔡兵美术馆藏品选集》画册。

2019年10月1日 蔡兵美术馆举办"'祖国颂'庆祝新中国成立70周年——蔡兵美术作品展"。

2020年 闵行区虹桥镇历史陈列馆浮雕（长8.63米×高3米）创作稿。

2020年4月 蔡兵美术馆举办"新时代中国梦——蔡兵美术作品展"。

2020年4月18日 现代中国画《山居》参加日本东京书画艺术大展，获日本前首相村山富市颁发"村山富市元总理赏"奖牌和证书。

2020年5月28日 举行蔡兵美术馆开馆暨蔡兵先生作品、藏品捐赠仪式签约仪式。

图书在版编目（CIP）数据

蔡兵画传：融艺术：东西方绘画艺术背景下的中国表达 / 宋海年，郦帼瑛著. -- 上海：文汇出版社，2020.8
　ISBN 978-7-5496-3241-1

Ⅰ．①蔡… Ⅱ．①宋… ②郦… Ⅲ．①纪实文学－中国－当代 Ⅳ．① I25

中国版本图书馆 CIP 数据核字（2020）第 117434 号

蔡兵画传
融艺术：东西方绘画艺术背景下的中国表达

著　　者：宋海年　　郦帼英
责任编辑：徐曙蕾
装帧设计：薛　冰

出版发行：文汇出版社
　　　　　上海市威海路 755 号
　　　　　（邮政编码 200041）

印刷装订：上海锦佳印刷有限公司
版　　次：2020 年 8 月第 1 版
印　　次：2020 年 8 月第 1 次印刷
开　　本：710×1000　1/16
字　　数：180 千
印　　张：17.75

ISBN 978-7-5496-3241-1
定　　价：88.00 元